私の吉本隆明

小形 烈

OGATA Retsu

論創社

装画・イラスト　ハルノ宵子

はじめに

この本は、思想する人、吉本隆明さんの背中を遥か後方から追いつつ（後方過ぎて時々背中が見えなくなります）、とぼとぼと歩いていた私が、自己総括の意味をこめて書き始めたものです。

「世界は世界ただそれだけのものだ、グラシアーノ。つまり舞台だ、人は誰でもそこで一役を演じなければならない舞台なのだ」（シェークスピア『ベニスの商人』）

私は大根役者かも知れません。きっと大根役者でしょう。それでもなお、私は「私の吉本隆明」という舞台を、演じてみたいと思うのです。

私の吉本隆明　目次

杜の窓——読書のすすめ……79

私の吉本隆明

吉本隆明の名を知ったのは十七歳の時でした。鮎川信夫の『現代詩作法』の中に吉本隆明の詩「涙が涸れる」が紹介されていました。その頃私が最も共感性をもって読んでいた詩集は、谷川俊太郎の『二十億光年の孤独』でしたが、吉本さんのその詩を知ってから、私は彼に「とほくまでゆくんだ　ぼくらの好きな人々よ」と、呼びかけられたのです。その呼びかけに私は、捕らわれてしまったのです。すぐに彼の詩集を買い求め、彼への支持を決めたのです。

　涙が涸れる（全）

けふから　ぼくらは泣かない
きのふまでのように　もう世界は
うつくしくもなくなつたから　そうして

針のやうなことばをあつめて　悲惨な
出来ごとを生活のなかからみつけ
つき刺す
ぼくらの生活があるかぎり　一本の針を
引出しからつかみだすように　心の傷から
ひとつの倫理を　つまり
役立ちうる武器をつかみだす
しめつぽい貧民街の朽ちかかつた軒端を
ひとりであるいは少女と
とほり過ぎるとき　ぼくらは
残酷に　ぼくらの武器を
かくしてゐる
胸のあひだからは　涙のかはりに
バラ色の私鉄の切符が

くちやくちやになつてあらはれ
ぼくらはぼくらに　または少女に
それを視せて　とほくまで
ゆくんだと告げるのである

とほくまでゆくんだ　ぼくらの好きな人々よ
嫉みと嫉みをからみ合はせても
窮迫したぼくらの生活からは　名高い
恋の物語はうまれない
ぼくらはきみによつて
きみはぼくらによつて　ただ
屈辱を組織できるだけだ
それをしなければならぬ

その後私は、大学に進学しました。大学には何も目的なく入ったのです。当時、私の周りには高校を卒業して就職、そのような選択をする人もたくさんいました。私は就職をして働くという選択のイメージが持てず、大学というステージを求めただけです。ですから学科も入れそうな学科として、社会学科でした。

しかし、私を彼が追撃しました。『共同幻想論』（一九六八年）の出版です。発売直後すぐに購入し読んでみましたが、わからないというのが素直な答えでした。しかしそれは、わからないものの、私にとって重要と思えるもの、だったのです。大学では、当時は当然のように、マルクスやレーニンなどの書物が流通していました。世界の成り立ちや、社会の成り立ち、現在の状況など、考えることが、私にも、また他の学生たちにも山盛りでした。そういう雰囲気が充満している中での『共同幻想論』の出版ですから、それをわかりたいと思ったのも素直な思いでした。その思いが私の勉強への道のりになりました。

まず文中にひんぱんに登場する柳田國男を読まなくては、フロイトを読まなくては、『遠野物語』『精神分析入門』を読まなくてはと決意だけはしたのでした。しかしもともとの勉強嫌いと、その後の人生の紆余曲折の中で、これらの本をある程度読んだと思えるには五年ほどかかってしまったのが当時の私の状況でした。

二十六歳の時に私に転機が訪れました。小さな本屋の運営に係わったのです。

その本屋は吉本さんが出していた個人編集雑誌「試行」(一九六一〜九七まで発行。七十四号で終刊)を販売していたのです。(「試行」は直接購読制を敷いていて、書店販売は原則していませんでした)。私はその頃すでに「試行」の読者でした。私は単なる読者であるだけでなく、「試行」の仲介販売業者になったのです。

一九七五年の夏頃から「試行」が発行されるごとにお宅にお邪魔して「試行」を二百冊ほど、現金で購入する役でした。

発行所でもあった、千駄木団子坂上の吉本さんの自宅に初めて行った時に、台所兼食堂の食卓の椅子に座って、二人で雑談をさせていただいたのが、直接的な最初の吉本体験でした。隣の座敷には、二人の娘さんが何かままごとのようなことをしており、吉本さんは「子供って面白いねえ」と言ったのを覚えています。千駄木のお宅は小さな二階建ての、よくある建売住宅のような家でしたので、やはり思想家ではあまり豊かにはなれないのだなと思ったりしました。でもとても親切な対応に、よりファンになってしまいました。

その後十年以上にわたり「試行」の運搬青年としてキスリングザックを担ぎ、年に三回程度（「試行」の発行もかなり不定期なものになっていました）吉本さんの自宅にうかがったのでした。そのうち家は千駄木からすぐ近くの本駒込の吉祥寺の傍に変わり、ちょっと立派になりました。

吉本さんの家にうかがうと奥さんもいることが多くありました。主に三人で食卓の椅子に座り雑談を一〜二時間するのが常でした。吉本さんもよくしゃべってくれましたが、奥さんもよく話しました。しかも吉本家はテレビをつけっぱなしなのです。これには習慣の違いを超えて少しだけ驚きました。

奥さんが話した印象的なことが一つあります。「安田一郎さんにかかったら交通事故でも幼児体験のせいにされてしまうわ」（安田さんは、吉本さんより少しだけ年下の性心理学者で、父である徳太郎氏と共に、日本では特異な人で、フロイトの翻訳などもした人で、医師でもあります）と言ったので、安田さんもこんな風に吉本さんと奥さんとでおしゃべりしているのかなあと思ったことでした。

もう一つ奥さんのことで印象的なことがありました。その日は吉本さんの長女が漫画本を出したことが話題になっていたのです。私の帰り際に玄関の外まで送ってこられた奥さんが「買ってやってくださいね」と言ったことです。親ばかぶりが私には少し嬉しく感じられました。

もちろん、漫画の単行本、ハルノ宵子作『虹の王国』（一九九一年）はすぐに買い、友人たちにも紹介をしました。偉そうにいえば、その本は一定の水準に入っており、単に親の七光りで出せたわけではないとは思いました。

ハルノ宵子さんの今は、いくつかの漫画作品の刊行を経て、イラストにさらに磨きをかけるともに、生きとして生けるものへの根源的な肯定の眼差しを組み込んだエッセイの書き手として注目を浴びています。

その妹が吉本ばななさん。処女作は大学の卒業制作「ムーンライトシャドウ」、この作品で学部長賞をいただいたそうですが、偶然、吉本ばななさんより三歳下の、私の姪が同じ学科におり、姪からその話題を聞きました。「ばななさんは偉大な父がいるため大変なプレッシャーの中で書いた」との噂だったと、姪から聞きました。その後、すぐに巷では『キッチン』（一九八八年）が出ましたので、私の職場や友人などの間では、その話題で花咲いていました。彼女が二〜三歳の頃に、吉本さんのお宅で見かけただけでしたが、ああ、あの幼かった子が、と少し感慨深いものがありました。ばななさんが次々に作品を発表し始めた、ちょうどその頃は、男性作家としては、村上春樹が小説分野での第一人者と評価されつつあり、頭角を現していた頃と思います。才能のある新人女流小説家の登場で、私たち文学好きの間ではしばらく酒席のつまみになったものでした。

その後、吉本さん自身が、「吉本ばななの作品は、たまにどうかなあ、と思うものもあるが、村上春樹の作品は安定的に良いものを作っている」との話があり、私自身は、文学作品を読む自分に小さく鼻を高くしました。

この話とは、まったく関係のないことですが、私の姪の卒業論文は、クンデラの

『存在の耐えられない軽さ』を課題としたそうです。二十歳そこそこでクンデラか、自分に引き寄せると、ばななさんも姪も、合わせて若い人たちの力には感心したところです。

「試行」は、私が初めて取りに行った一九七五年には発行部数六〇〇〇部と吉本さんが言っていたと思います。それから十年後には一万部以上の発行になり、吉本さんは「浮いた」と言い、少しマズイことになったかもと言っていました。私たちの現実も吉本さんの言葉のとおりになり、本屋の経営状態がままならなくなったのでしょうか、ほどなくして閉店になってしまい、私が吉本さんの自宅にうかがう機会も自然消滅となってしまいました。

その間、吉本さんにお願いしたことがいくつかありました。

一つは私がアルコール依存症の人たちとかかわる仕事をしていた時のことです。アルコール依存症という病は、物理的には、アルコールにより肝機能障害など内臓疾患を起こすのですが、身体に悪いことはわかっていても、心理的側面として、お酒を飲むことがどうしても止められません。その、アルコール依存の人々の理解に困っていると話すと、当時小平にあった国立精神医療センターの医師を紹介していただき、お話をうかがいに行きました。ところがその医師は、私を寂しい何もない（椅子だけありました）廊下に一時間以上待たせた挙句に、会ってはくれたのですが、診察椅子に私を座らせ、医師側からは何も話してくれないのです。しかたなく私はアルコール依存症の私の理解について話したところ、「それでいいのでは」と言っただけでした。なんか冷たい人のところに来てしまったなあという感想だけが残った経験でした。吉本さんもまさかこんな対応しかしないとは思っていなかったと思います。このことで残念ながら、私自身のアルコール依存症の理解が深まることはありませんでした。しかし、否定もされなかったことで、少しの安心にはなりました。

覚えている私からの二つ目のお願いです。私は、横浜市の福祉職職員でした。一九八六年頃のことだと思います。知的障碍者にかかわる仕事につきました。その時は私自身その仕事を希望したわけではありませんでした。他に希望者がなく、私に振られたその仕事を、何の考えもなく「いいですよ、私がやります」と言って引き受けてしまったのです。知的障碍（今は発達障碍ということが多いと思います）についての知識は皆無でした。友人などから本を借りたりして、少しは勉強したのですが、なかなかピンとくるものがありません。それについて困っていると吉本さんに話したのです。すると吉本さんは、すぐに二階から村瀬学さんの『初期心的現象の世界――理解のおくれの本質を考える』（一九八一年）を出してきたのです。「ちょっとまゆつばっぽいところもあるけど」というのが吉本さんがその本を持ってきた時の一言でした。「面識のない知らない人だけど、帯を書いてほしいと依頼されて帯を書いたのだ」と言って、村瀬学さんのこの本を差し出されたのです。

私にとって村瀬学さんのこの著作は、その後の『理解のおくれの本質――子ども論と宇宙論の間で』（一九八三年）とともに、とてつもなく重要な出会いとなったのでした。村瀬学さんは、知的なおくれのある子供を、正面から受け止め、現場経験も踏まえ、子どもの心的構造について考え整理した、稀有な支援者だと思いました。村瀬学さんは、これまでの医学の世界で行われた研究の不十分さを（なにしろ日本でまともに研究した人がほとんどいない分野です）、心理学の手法で取り組み、なおかつ発達途上の子供を観察し、病としてではなく、おくれという視点を提案しています。その時分は、精神科の医師に病との診断を受けていた人たちが、私の知る範囲ではほとんどでした。知的障碍に関する、私自身の、基本的な理解が定まったといっても過言ではないといえます。これは本当に吉本さんのおかげでした。結果として振り返ると、私のその後の仕事を決めるものだったのです。吉本さんからいただいた村瀬学さんの本には、吉本さん自身が引いた赤ボールペンの線が入っていました。それも嬉しいものでしたが、その後、その本は職場の同僚に貸したまま帰ってきませんでした。大事なものは相手を見てからという教訓でもあります。

三回目は、さらに大きなお願いをしました。私自身少しいい気になっていたといえます。一九八五年頃です。吉本さんに私が働いていた地域での講演をお願いしたのです。演題は「知的障碍について」です。吉本さんにはすぐに「日程と時間さえ合えばかまわない」と言っていただきました。すぐにお願いし、講演料の話をしたのです。吉本さんは「講演は自分の仕事の一つなので、講演料は高ければ高いほどいいのだ。しかしあなたの依頼なので、タダでいい」とおっしゃってくれました。私はさらに図に乗って、講演会終了後に、酒席の用意をしてもいいかとおたずねしました。これもすぐに了解いただき、吉本さんのお宅からの帰り道は、人生最高の帰り道の一つになりました。

講演会当日は、私の友人が吉本さんの自宅までタクシーで迎えに行き、横浜の会場まで来ていただきました。いらしてすぐに驚いたのは、模造紙五枚ほどのレジメを用意してこられたことです。まさかそこまでしてくれて「無料」の講演会とは。

講演会会場は少し大きめの教室のようなところで、そこに折り畳み椅子を七十個ほど並べました。参加者は、私の知人や地域の支援関係者や障碍者の親たちでした。講演は、吉本さんが、「試行」で連載していた、心的現象論を少し平易に解説したような内容になっていました。残念ながら、参加者の多くはわけがわからず、ただそんなものかというのが、多くの感想でした。参加者の多くは理論的アプローチが苦手でした。

私が感動した、吉本さんが用意したその模造紙を、講演会終了時に、私にとってまったく面識のない人から、「もらえないか」と言われ、高揚していた私はその人がどのような人かも聞かずに、実際本当に知らない人かも考えず、一言のもとにお断りしてしまいました。なにしろ私の人生で最初で最後の、お宝のようなものと思ったからです。しかしそのお宝も、その後私自身の数回の転居の後、最後の転居の際に行方不明になってしまいました。おそらく引っ越し業者がごみと判断して、廃棄してしまったのだと思います。なにしろ古い段ボールの中にまとめて放り込まれていた、古い模造紙ですから。ちなみに、私の友人の一人は、その時の講演を録音しており、今日まで録音テープを持っているそうです。でも今まで一度も人から聞かせてほしいとの依頼はないそうです。

講演会終了後に近くの居酒屋さんで、十人ほどの知人と、吉本さんを囲んでいわゆる一杯やりました。吉本ファンである私の先輩の一人は、自分の友人まで連れてきてしまい、私は少し抗議をしましたが先輩は聞き入れず、仕方なく一人多い席になってしまいました。その先輩は後日自分の職場で、自分が吉本さんを呼んで講演会をしたかのように話をしていたそうです。強引で憎めない愛嬌のある先輩でしたが、困ったおじさんでもありました。帰りはまた、友人が吉本さんの自宅までタクシーでお送りして、私の大きなお願いは無事に終わったのです。

吉本さんの著作からの贈りもの

『言語にとって美とはなにか』

一九六五年に刊行されたこの本は、私たちにたくさんの躓《つまず》きを用意しました。まず読み進めることに困難があり、二度ほど友人たちと読書会をしましたが、読み終えることだけが目的になってしまった経験があります。理解を進めるために私自身は時枝誠記の『国語学原論』を手に取りました。しかしこれも読むだけで大変でした。次にソシュールの『一般言語学講義』を手に取りましたが、現在のようにシニフィアン・シニフィエの表記ではなく、能記・所記と訳されており、無知な私にはこの漢語の意味にいきなり躓いてしまったのです。ですから『言語にとって美とはなにか』は、ほとんど読むために読むに近いものであったような気がします。

その後少し知見が広がり、折口信夫や井筒俊彦の言語論を読みました。井筒俊彦の

『言語と呪術』、これは言語の発生の問題だったと思います。また、折口信夫の『言語情調論』は言語を発声から考えたものです。それらの著作に触れたおかげで『言語にとって美とはなにか』が、少しだけ身近なものになりました。井筒俊彦の仕事は、列島人にあまりなじみのないイスラムなどの研究が多いので、その優れた仕事の割に馴染みがありませんが、折口信夫や白川静などと比較できる学究の徒です。どちらにしても勉強や研究などに縁の遠いところにいる私には、吉本さんの意図した意味をとらえられていないと思います。

ただ、『言語にとって美とはなにか』に書かれていた「自己表出」「指示表出」という理解は、私たちの発する言葉の違いについて、仕事や生活の中でいつも自らを振り返る力になったと思います。たんに「痛い！」と叫ぶのは自己表出。「足を踏まれて痛い」と話すことで、相手はすぐに叫びの意味を理解します。こちらは指示表出と考えます。仕事の中、生活の中で、いうなれば人間関係の中で、「自己表出」は独り言。「指示表出」は、意味を中心とした社会での会話、と分ける習慣のようなものができ、大変役に立ったように思います。そして、私が日々仕事で出会う知的障碍者の方々の発する言葉は、「独り言」に近いことに気が付くのです。

私はまた、この『言語にとって美とはなにか』について、余分なことを考えています。それは江藤淳の『夏目漱石』です。江藤淳の仕事があったから、吉本さんは『言語にとって美とはなにか』を書いたのではないかということです。

江藤淳は『夏目漱石』で、これまでの「漱石論」に対し、「この水はきれいだ」とか「この水はおいしい」といっているようなものであり、それらを粉砕し「水は地球上の生物の存在根拠だ」といってしまったのです。それに対して吉本さんは、「水はH_2Oだ」という必要があったのではないかと思っているのです。

江藤淳は文芸として「漱石」に向かい、ある意味金字塔を立てました。負けず嫌いの吉本さんが後追いのような「漱石論」を書けるはずがありません。本当は書きたかったのに、です。その代わりに『言語にとって美とはなにか』を書いた。私の一人思っていることです。吉本さんはもう聞いていないので叱られません。

『共同幻想論』

吉本さんはこの本を「『国家論』として読んでもらってもよい」と言っていました。私たちのように平凡な市井の人間が、こんにちヘーゲル・マルクス・レーニンに語られるような国家について、考えてみることはまずないといえます。第二次世界大戦後、それぞれの民族の独立は進み、国連加盟国は増える一方です。

私たち自身も極東の孤島に住む日本語という地域語を使う住民たちです。そして、そのうちのある集団が日本国を名乗っています。外国に観光や仕事に出る時、パスポートを必要とします。パスポートを見て、あるいは提示させられて「ああ日本人だ」と直接的には実感させられます。

日々のニュースで政府のおかしい発言を聞くと、「日本の政府」の馬鹿さかげんもひどいもんだなどと思いますが、だいたいはそれ以上ではありません。もちろん専門家はいろいろごちゃごちゃ考えているのでしょうが、私だって自分の仕事（専門）についてはたいしたことでなくてもごちゃごちゃ考えています。

一九六八年に『共同幻想論』は出版されました。一読して、わからないなりに、私は吉本さんが、時代の本質部分を確実に摑んでいると感じられたのです。私が保証しても大した意味もありませんが、私は保証します。吉本さんはテレビを見ながら、読書をしながら時代を摑みます。皆が困っていることを見抜くのです。しかしもちろんこの本が出てもまったく役に立てられない人もたくさんいます。私の周りにもたくさんいましたし、もう手遅れだった人もいました。

私たちは『共同幻想論』という本で何を得たのか、それは「共同幻想」「対幻想」「自己幻想」（個的幻想といった方がわかりやすいと思います）というように、人間の持つ幻想領域を吉本さんが三つに分けてくれたので、この意味では平凡な学生にとって大きな助力でありました。「共同幻想」は国家よりも大きな概念であり、そしてまた一方、時には小さな地域的な概念でもあること。「対幻想」は性の媒介を中心とした、男女や家族の幻想であること。「個的幻想」はすべての人間のそれぞれの個体としての幻想であること、その三つの幻想は逆立したり、対立したり、溶けあったり、さまざまな様相を呈すること。

『共同幻想論』は私にとって、私自身の生の場所を定める羅針盤になり、社会や世界を見つめる拡大鏡になりました。凡庸な人間が平凡な日々を送ることは、一般に想像するより大変な事業です。その私にとっての大事業を常に支えてくれたのは、この一冊の本かも知れません。

『心的現象論序説』

私は、一九七一年に刊行されたこの本が好きです。私は私に好きな理由を尋ねます。文芸好きのお前が文学として読んでいるからではないかと。そのような一面がないと否定することはできませんが。しいていうならば、ここでは吉本さんが自由に振る舞っているように感じられるのです。

「たとえば、Aなる夫婦が、ある原因からある期間持続する心的な葛藤と緊張をつづけた。するとその子供が突然失語症に襲われた」このようなたとえは、直接的に私の了解に落ちてきます。

「フロイトはあきらかに深部意識の奥をもうけることが、かれの体系にとって便利だからという理由で〈エス〉を設定してはいない。かれにとってまさに実在のように疑いようのない心的構造として想定されている」私は震えがきました。「ヤスパースのフロイドにたいする不服は、ニーチェやキェルケゴールによって心的な病いの概念にあたえられたメタフィジカルな意義を、すべて個体の生理的な発生史に貶しめて卑俗化してしまったという点にあった。このような不服はどうすることもできないものである。理論や学説であるまえに、感情や嗜好のもんだいだからだ」

この夜は、ここまで読んで寝ることにしました。私は「原生的疎外」の考えを授与されました。もう私の頭は満杯になってしまったのです。「原生的疎外」は、感覚や感性を考える時のベースになります。存在するものが、存在するゆえに、そのことによってすでに違和（疎外）を感じざるを得ないということです。存在するということのある必然性を納得させてくれました。

さらに、心的世界の動態化の稿で、「〈Aはかくかくの理由でBと同一であるにちがいない〉というわたしの判断が、この判断対象ときり離すことができず、わたしにとって先験的な理性であるかのように存在するという位相である。ここで〈純粋〉化された理性の概念が想定される。わたしたちは、このような〈純粋〉化の心的領域を、原生的疎外にたいして純粋疎外と呼ぶことにする」私は「純粋疎外」の考えを授与されました。心の独立性、精神の働きの基盤ということです。

『心的現象論序説』からは、私にとって、さらに大事なものを授与されたと思いました。それは「フロイトの読み方」です。適切な表現かどうかわかりませんが、吉本さんとフロイトの間の、付かず離れずのような距離間です。吉本さんもそうですが、フロイトのように未踏の道をいくような考えには、いきなり拒否してしまう一面と、あまりに近づき過ぎて内外がなくなってしまいがちだと思うところがあります。いうなれば考える時の距離の測り方だと思います。ここでも分度器のようなものを得ました。

『最後の親鸞』

親鸞については、吉川英治の小説『親鸞』をたしか高校生の頃にたいへん面白く読んだことがありました。しかし、それっきり。大人になってからも、浄土真宗のお葬式に出席する程度で、その葬式もむしろ他の仏教のそれと違い、ありがたさが湧いてくる感じのない葬儀だなあぐらいのものだったのです。親鸞について、特別な知識も関心も私にはありませんでした。

『最後の親鸞』が刊行されたのは一九七六年、吉本さんのお宅に「試行」の運搬人として通いはじめて間もなくのことでした。『最後の親鸞』の書き出しの部分にはこうあります。

「だが、わたしが想定したい最後の親鸞はそのあとにやってくる。親鸞自身の著述よりも、親鸞が弟子に告げた言葉に一種の思い入れみたいにこめられた思想から、最後の親鸞がみつかるはずなのだ。すると、やはりたれもがよいとみなす『歎異抄』や『末燈鈔』などを入念にたどるほかない」

この部分を読んだことにより、初めて『歎異抄』を読んでみようと思いました。『歎異抄』『教行信証』それから『末燈鈔』などの手紙を読みましたが、吉本さんがいうように『歎異抄』が抜群に良いと私は思いました。『教行信証』や親鸞の手紙などから私が受けた感じは、一つの仏教宗派を設立するような、ある時代の優秀なお坊さんの一人なんだな、ということでした。しかし『歎異抄』は、宗教の枠とはちょっと違う、むしろ「文学」や「思想」の枠を私は感じました。

私なりに考えたことは、『歎異抄』を書いたといわれる「唯円」のことです。唯円は親鸞に対し信仰上の師として仕えたのでしょうが、他方では宗派の運営者、責任者としての師ということを排除し、昇華した「信仰者」、現代的には「思想家」としての親鸞を見ていた。それゆえ信仰のない私のような凡人の心にも迫ってくるような『歎異抄』が書けたのではないでしょうか。

唯円は浄土真宗の要である「本願他力」を信仰者だけでなく、信仰心の低い、もちろん私も含まれるこの列島人たちの心を、その奥底を摑みとるようにして『歎異抄』を書いたのではないでしょうか。

そのようなことを私自身は吉本さんの『最後の親鸞』をきっかけに思いました。ところで、私同様、唯円にそのようなものを感じた人が列島の中にいることを私はちょっとした偶然で知りました。杉浦銀策さんです。彼は『「歎異抄」の唯円とその周辺——一つの唯円擁護論』を出していたのです。アメリカ文学の専門家のようですが、どこかで唯円のある特殊性に躓き、私のような疑問を抱いたのでは。杉浦銀策さんに関しては私の勝手な親和性です。もしご本人に私の気持ちが届くようであれば、お話をお聞きしたい気持ちがあります。

『最後の親鸞』は私にとって時にして手に取りたい吉本さんの作品です。

『悲劇の解読』

この本が出版されてすぐのことでした。たしか一九七九年十二月のことだったと思います。「試行」運搬人である私は吉本さんのお宅にお邪魔して、いつものように少し雑談をしたのです。ちょうど『悲劇の解読』を読んだばかりの時でしたので、『悲劇の解読』面白かったですよと、私が言ったところ、吉本さんは「本業だからなあ」と応じました。吉本さんは、文芸批評家と言われることが一番好きだったように思います。

『悲劇の解読』は序において、「わたしたちのあいだで優れた〈作品〉はことごとく悲劇的にあらわれてくることは自明である」「悲劇を介してだけ〈作品〉は普遍的に作品に到達する」と記しています。そうだなあ。吉本さんの言葉にすぐに共感してしまいます。

私がこの作品を面白いと思った理由は、――もちろん吉本さんの作品は、ほとんど面白いのですが、この本に関してはちょっと特別に違う感覚をもって受け止めました――。それは吉本さんの「根」の部分、本人がいうように根暗い青年の部分がかい間見えたと思ったからです。

太宰治の稿では、「他者の振舞いは、じぶんの心の動きからまったく予測できないという失墜感」。それは「他者との関係の仕方で打ちのめされた経験からも忍びこむにちがいない。そして人間は仮面をつぎつぎに身につけながら心の打撃に狃《な》れてゆく。これが成熟の裏面についたカラクリである」とあります。このように太宰治の気持ちを探るところに、何か生々しい感じを受けてしまい、吉本さん自身の体験に裏打ちされた言葉のように、私は感じてしまったのでした。

また、小林秀雄の冒頭部分はいきなり「青年はいつも奇怪な観念で頭脳をいっぱいに充たしている。そして過敏さの極限でじぶんの肉体さえも奇怪な形象に歪めてしまっている」と始まります。これに続けて青年期の自分と照らし合わせるように論を進めているのを感じたのです。

　ここで「悲劇の解読」を取り上げたのは、吉本さんが「本業だからなあ」と言った一言がなぜか私の頭に残っていたからです。またちょっとはにかんだ顔も印象的でした。

「情況への発言」

「試行」については、私は良い読者ではありませんでした。一九六八年頃から読んでいたと思いますが、いつも「情況への発言」を読むためでした。それ以外の論考には目を通す程度、連載中の「心的現象論」も読むのは単行本になってからと思い、いつも一瞥するだけでした。なにしろ生来の勉強嫌いですから、発行の都度「試行」で「心的現象論」を勉強することはできませんでした。結局、机上に置いたのは、単行本になった『心的現象論序説』でした。『心的現象論本論』は、山本哲士さんに直接、各論を本論としてまとめたと聞いてから読んだほどです。

なにしろ目当ては「情況への発言」だったのです。

二〇〇八年に新書版三冊で『「情況への発言」全集成』（全三巻）が出版されました。

厚い戦闘的な物言いの大量に詰まった本です。読後に私は思いました。吉本さんは読者のために、暗い情況の中、たった一人で道行きの街灯を作ってきたのだな。ともすると迷いそうな私たちのために、本来の仕事をなおざりにしてでも、書かなければならない義務を履行してきたのではないか。私たちのために書いた。そう判断することが、私の吉本さんに対する多生の縁の回答なのだと思ったところです。

でも、吉本さんが「試行」七十四冊を三十五年間にわたって発行し続けた、その思いや理念、そして思想については、いつも私の頼りです。「吉本さんがいる」ということが、私にとっては支えのようなものでした。そういうことはしかし、いつも、その時にはわからないものです。「試行」終刊となったこと、「情況への発言」を読めなくなったこと、その支えのなさはじわじわと効いてきて、とどめは二〇一二年三月吉本さんが亡くなった時でした。なんでも理解に至るまでは十年かかる。高橋源一郎さんが、吉本さんが亡くなった時に、朝日新聞に「僕らは一人ぼっちになってしまった」と書いていましたが、同感です。

私たちは地域で小さな追悼の会を行いました。亡くなって一か月後の五月だったでしょうか。それから十年近くたって、今さらながら自らの力のなさを実感するのです。

でも私は前を向きます。吉本さんから、三つの武器を贈与されたのですから。『言語にとっては美とはなにか』『共同幻想論』『心的現象論序説』です。一人ぼっちで生きて行くには力が足りない自分ですが、しかしこれは「約束の地」なのです。吉本さんのいない世界で、寂しさを耐えて生きています。

吉本隆明と表現者たち

埴谷雄高のこと

一九八四年のことです。「アンアン」という女性向けの週刊誌があります。当時は若い女性は皆読んでいるといっても過言ではないような、人気の雑誌でした。その雑誌に吉本さんは、川久保玲の人気ブランド「コム・デ・ギャルソン」の服を着てモデルとして登場したのです。私たちにとって「コム・デ・ギャルソン」は当時かなり高級ブランドでした。これにはみんなびっくりでした。友達どうしでわいわい言ってその雑誌を見たのを覚えています。しかしこのことをきっかけに、埴谷雄高が吉本は資本主義の手先になったと、いうような批判をしたのです。(ちなみに、モデルとしては、凄く似合ってるというわけではありませんでしたが、変ではなく、まあまあかなという感じでした)。

私たちの間では埴谷雄高（一九〇九―一九九七）は、ある意味では敬愛する作家でした。『虚空』『不合理ゆえに吾信ず』そして『死霊』などの諸作品は、若い時の思い出のような部分でもあります。ですから吉本さんに対するこの批判は、お爺さんになって「困ったねえ」程度のことでした。私は職業柄「ある程度の知識のある高齢者は放談をしたがるもの」という認識があります。福祉の相談の場でも知識に自信のある相談者は放言をします。仕事とはいえちょっと疲れる時がありますが、だいたい放置します。よくわからないフリや、聞き逃したフリで対応します。しかし吉本さんは本気で反論したのです。

さらに大岡昇平（一九〇九―一九八八）とも争いになりました。大岡・埴谷対談で、埴谷発言に同調するように、吉本批判めいた発言をしたからです。大岡昇平も私は『野火』『俘虜記』『レイテ戦記』などを読んでおり、「戦争体験者としての、戦争体験を書いておかなくては」という切実感をそれらの本から受けており、一目置くといった作家でした。

吉本さんのお宅にうかがった時、私はうっかり埴谷雄高の話題を出してしまいました。その時吉本さんは「埴谷雄高さんは、ウエーバーは読んでいるけどマルクスは読んでいない」と一言言いました。

帰りの道すがら、そうか「ウエーバー」も読まなくていけないのかと思い、このことが私の「マックス・ウエーバー」体験のきっかけになり、『プロテスタンティズムの倫理と資本主義の精神』をはじめとした、社会科学者であるウエーバーの主著を読むことになりました。

まったくどこで何に出会うかは、偶然に依拠していると思わざるを得ません。ウエーバーは私に、それまでと違った視点をくれました。具体的には『職業としての政治』や『職業としての学問』などは、私自身の仕事に対する倫理観のようなものを作るきっかけを与えてくれました。私が社会で普通に生きるために大変役立ったと思います。ちょっと世渡り上手になった気がします。余談になりますが、ニーチェもウエーバーも、そしてトーマス・マンも、ドイツでの生活では疲れきってしまうのに、イタリアに旅行すると元気になる人たちという気がします。堅いドイツでの厳しい生活と、ラテン系の人たちの柔らかい、ちょっといい加減に見える生活。私は観光でどちらも行きましたが、彼らがドイツでの生活と仕事の日々に疲れ、そしてイタリア旅行で元気になるという感じを私自身も実感しました。ある時、職場の後輩が映画『ベニスに死す』を観たといって、「小形さんはあの映画についてどう思いますか」と質問してきました。その時私はこう答えました。「ベニスで私も死にたい」。トーマス・マンの小説『ベニスに死す』は人間の幸福感や生存の満足感について考えさせられます。ドイツとイタリアについて感じたことは、また仕事をするうえで硬さと柔らかさを意識することになり、少しは役立ったような気がします。

江藤淳のこと

　江藤淳と吉本さんの関係については、私が若い頃から違和感がなんとなくありました。指の端に小さなとげがあるような。しかし、はっきりとした違和となったのは、江藤淳の死の時でした。江藤淳と吉本さんは、一九六五年一回、七〇年に二回、八二年、八八年と都合五回の対談があります。(『吉本隆明・江藤淳全対話』中公文庫)、私の違和の理由を探りたいと、この対話集を読み返してみました。

「江藤淳と吉本隆明は文芸を物として、その物を交易した」、共同体と共同体の果てでの取引きをしているように思えます。それは、私にはマルクス経済学の「商品交換は、共同体の果てるところで、共同体が他の協同体またはその成員と接触する地点で始まる」と述べていることを思いださせるのです。また、カール・ポランニーの「交換は市場で起こる」を想起させるのです。それは文芸ではなく経済の世界でのできごとなのか。その私の疑問を解くために江藤淳について少したどってみたいと思います。

江藤淳は、一九三二年（昭和七年）生まれ、吉本さんは一九二四年（大正十三年）生まれ、吉本さんとは八歳の年齢差があります。二人とも東京生まれ、しかし江藤淳は鎌倉に転居し、高校は藤沢の湘南高校（当時は、東京の日比谷高校のような神奈川県一の進学校）に進学、その後、日比谷高校に転校し、病気のため休学などを経て、数学ができなかったためか、東京大学受験に失敗し慶応大学に進学。在学中に『夏目漱石』を書き、すぐに文壇にデビュー、高い評価を受けました。その頃の吉本さんは、文芸批評家としては、ほとんど無名です。江藤淳は、慶応大学卒業後同大学の大学院修士課程に進学、指導教官はノーベル文学賞候補にもなった詩人西脇順三郎。しかし、西脇順三郎にはまったく受け入れられず、ひどく嫌われ、拒否され、結果大学院は中退しています。さて江藤淳を嫌ったのは西脇順三郎だけだったのだろうか。月村敏行は『江藤淳論――感受性の運命』の中で「小面憎いやつだとおもわせる」（桶谷秀昭）、「軽薄才子のおもむき」（吉本隆明）と、桶谷秀昭や吉本隆明の江藤淳へのそれぞれの感想を紹介しています。

では、私は江藤淳に対して何を感じたのか。江藤淳は、私にとって、その本を読んだ人です。ではどのように読んだのか。詳細な研究姿勢、聡明な判断、攻撃的な姿勢。切れの良いもの言い。これだけ取り出すと、吉本さんにもいえるかも知れないと思ってしまいます。

しかし、私は違うものを受け取ってしまいました。それは江藤淳の、作品の行間から浮かび上がる、暗い憎悪のようなものです。私は『作家は行動する』『奴隷の思想を排す』などから特にそれを感じてしまいました。この憎悪はいったいどこからやってくるのか、フロイトの解釈を借りれば、幼児期の対人関係の失敗。しかし江藤淳ほどの人が幼児期の失敗を、他人にわからせ感じさせるような書き方をするのだろうか。私以外の別の考え、別の感じを受け取る人は当然いると思いますが。私の経験では幼児期の対人関係の失敗は否応なく出てしまうもの、多くの人が抵抗不能なものと、考えています。江藤淳でさえも抵抗できずに、かもし出したものなのではないでしょうか。彼は自己の自我や感性を深く信頼しているのですから。

江藤淳の作品『成熟と喪失――〝母〟の崩壊』は二回ほど読みましたが、残念ながら、こんな内容だったと人に説明することができません。この作品は、作者が作者自身の失敗、その近似性を、第三の新人と呼ばれた著者たちの作品を通して探しているように思えてしまったからです。つまり、ある意味で自己の失敗の正当化なのでは。

彼が当時、いわゆる保守派といわれる人々と共に歩む姿勢は、母との関係において明白に失敗した人（三島由紀夫）などと同根の、暗い憎悪の中で生きる人を私は想像します。その一方で、私は、当時の進歩派といわれる人たちは、文壇や大学などの狭い世間でものを見ているのではないだろうかという疑念をもっていました。総理大臣の岸信介は、一九六〇年当時「安保に反対と多くの人がデモをしているが、後楽園には野球に熱中しているさらに多くの人がいる」というような発言をしています。くだらない発言です。しかし一面の真実を突いてもいたのです。というのも、インテリで高級な人たちは、アカデミックな世界ではいわゆる進歩的でリベラルな人が多く、後楽園で野球に熱中している普通の人が見えていませんでした。あくまで自分たちの世界で、アカデミックな世界での、インテリといわれる人たちに対し、いらだっているのではないかと感じていました。江藤淳が『作家は行動する』や『奴隷の思想を排す』を出版した日本の社会の状況は、そのような「知識人」が、終焉する時代の始まりであり、知識人としての発言が否定されようとしている時だったのではないかと、私は思います。知が微細化し、識が多様化しようとする時に、知識人であろうとする困難さの中を江藤淳は生きていたのではないか。

江藤淳と吉本隆明の交易について話をもどします。江藤淳は山の手の小柄な慶応大学出のインテリであり、フルブライト奨学金でアメリカ留学を果たした大学教授。なおかつ、鎌倉に移住して文化人生活を求めた人です。対して吉本隆明さんは、下町の大柄な職人そのもののような人。フリーターの文筆業で何とか生活を営んでいる人。二人はまったく異なるタイプの人です。この共同体の果てる場所（マルクス）、あるいは、文壇だか出版界だかの市場（ポランニー）での交換を行う。このようなことで二人は出会い分かれていったのではないでしょうか。

江藤淳が自死した時の吉本さんの反応は、友人や知人に対する愛着が感じられず、私にとって、思いがけないようなあっさりとした感想でした。もちろん、その時は吉本さん自身も身体をこわし、余裕がなかったのかも知れません。吉本さんは、多くの哀悼の言葉を、私たちを悲劇にいざなうような哀悼の言葉を残してきました。その時、私の違和は私自身にはっきりと自覚されたのです。共同体の果てで、市場の交換の中で、二人は出会い、別れた。吉本さんは江藤淳の『夏目漱石』に強く驚き、敬意を示した。なにしろ吉本さんは夏目漱石がすごく好きだったから。しかし江藤淳は、吉本さんの仕事を本当に読んだのだろうか。『言語にとっての美とはなにか』『共同幻想論』『心的現象論序説』を読んだ形跡が、江藤淳の仕事からは私には見当たりません。二人の間のことは、それは古典的な友情とは違うのではないか。各対談においては、穏やかにお互いを認めあうように話していました。私はその折々の対談に、不可思議な関係をその都度感じていたのです。

今は、どちらにも尋ねることはできません。このハイ・イメージの世界で、みな風に吹かれて、行くえをくらますのが定めなのでしょう。

宮沢賢治のこと

宮沢賢治は、多くの人が若い頃に接したことがあると思います。この極東の孤島に現れた独神ですから。列島に生を享けた人々は、今日も大なり小なり、賢治の作品に否応なしに触れあうのだと思います。私は、正直にいいますと、文学の世界では、宮沢賢治と『苦海浄土』の著者、石牟礼道子が好きです。この二人に私は「あくがれ」ています。「あこがれ」ではなく「あくがれ」です。そのほうが私の感じていることに近いと思います。私にとって二人は、私の心の深い層と思える部分を「もやもや」とさせるのです。

宮沢賢治の文学については、吉本隆明さんが充分に書いていますので、「そうだなあ、そうかあ」としかいいようがありません。残念ながら、私はそれ以上何も書けません。吉本隆明さんのその読みに、共感や探検の喜びを感じることはできますが、新たな自己の発見を表明することはできません。

ただ、私にとって賢治の目は、風のようで、水のようで、雲のようで、その透き通った目は、私を「遠いところに連れて行きます」。

しかし、凡人である私は、つまらぬことを考えてしまいます。なぜ農学校の先生でいなかったのだろう、なぜ、親に浄土真宗から日蓮宗への改宗をせまったのだろう。結果として賢治は終生、親がかりの生活になり、文芸の人としても世に見いだされることもないまま生を終えているのに、です。農学校の先生として、「誓って言うが、わたしはこの仕事で疲れを覚えたことはない」というのに、すぐに四〜五年で退職してしまいます。「青春を走る人の心は変わりやすい」（私の独り言です）。

農学校の先生として、また文芸の人として生きる。これは今日、かなり一般的に考えられる生の場所だと思います。しかも、多くの先輩、森鷗外や夏目漱石は辛抱した生を送っているのです。でも、賢治にとって、そんな中途半端な生は認められないものなのです。わかっています、しかたないのです。不純な大人の判断など、賢治にはできませんね。

でも、なぜ家が、親が、浄土真宗であることが許せないのでしょうか。宮沢賢治が浄土門の立場、聖道門の立場の違いをわからないはずがないのにと思います。賢治が「私は法華経の考え、教えを信じる」、そのようにいうことは、まったくかまいません。私と彼が知り合いで、彼に太鼓を叩いて街を歩かれたら、少し困るかも知れません。しかし、親がかりの賢治が、親に改宗を要求するのです。なぜか?

ミシェル・フーコーならば、「私を問うてはいけません」というかも知れません。

でも!!

以下は、私のつまらぬ妄想です。

宮沢賢治の略歴
一八九六年（明治二十九年）生まれ
一九〇九年（明治四十二年）盛岡中学校入学
一九一四年（大正三年）盛岡中学校卒

一九一五年（大正四年）盛岡高等農林学校入学（勉強ができたため特待生です）
一九一七年（大正六年）同人誌発行
一九二一年（大正十年）稗貫農学校教諭
一九二四年（大正十三年）『春と修羅』刊行
一九二六年（大正十五年）退職
羅須地人協会設立。農業指導を目指します。
一九三三年（昭和八年）死去

宮沢賢治は青年のまま、最後まで人生を駆け抜けたのです。

賢治が同人誌を出した年、一九一七年には、倉田百三が戯曲『出家とその弟子』を発表しています。史実にもとづき書いたものではありませんが、浄土真宗の親鸞と唯円を題材とした戯曲です。この作品で、倉田百三は高い評価と人気を得ました。もう一人の同時代人である白樺派の武者小路実篤は、一九一八年「新しき村」を設立。日本の自然主義文学が退潮して、新たな理想主義が現れてきたのです。その時代風潮の中での新生活への呼びかけの活動です。この時期、賢治は作品『ポラーノ広場』で、賢治は夢の村を語ります。その時、一九一七年はユーラシア大陸ではロシア革命が起きています。

賢治はその時代の中で、当然に社会の、そして文学の、風を受けたと思います。でも彼は独自の道を行きます。私は思います。『出家とその弟子』のような作品は、賢治には耐えられない、許せない作品なのではないのか。また、倉田百三のような生活（女性問題など数々のスキャンダルのような話があります）が許せないのでは。さらに都会の坊ちゃんの生活嗜好とも思える、志賀直哉の作品に対する社会の高い評価があります。賢治には、納得のいかないものだったのではないでしょうか。志賀直哉の小説がなぜ評価されるのか、実は私にもよくわかりません、中でも、志賀直哉の作品『暗夜行路』などは、その緊張感のなさにまったく退屈させられました。おそらく、その時代状況にうまくマッチしていたのでしょう。

東北岩手の生活者の賢治にはなかなか了解できないようなことが、当然、賢治の耳にも入ってきたのではないでしょうか。賢治は純な人です。彼は「ほんとうのこと」

を求めます。「実験の方法があれば」と言います。「ほんとうの」農民たちが幸せに生きられる生活。賢治が考える「ほんとうの」文学。実験の方法など当然ありません。私のような大人は簡単に、「ほんとうのことなんてわからないよ」と言ってしまいます。残念で悲しいことです。

それなのに、それでも私は大人になって以降、心の隅に、「裏の畑にいる」賢治が住んでいます。宮沢賢治詩集はいつも大事なものです。私にとって、この列島に生を享けた者として。この地で風を受けた者として。宮沢賢治と石牟礼道子のいない世界は寂しいのです。彼の詩集が近くにないと寂しいのです。賢治は走り抜け、そして私は今も歩いています。本当は「あらゆることを自分を勘定にいれないことを」願う賢治の祈り。その祈りを胸に抱き、生きた賢治。私は賢治の作品をとおして、その賢治の生のありかたに励まされ、躓きながらも歩いてきました。

さて、最後に吉本隆明さんが選んだ賢治詩の一篇を紹介します。この作品は、まだ二十歳にも達していない頃の吉本さんが、その『宮沢賢治ノート（I）』の中で、次のようなコメントとともに取り上げたものです。

雲の信号（全）

あゝいゝな　せいせいするな
風が吹くし
農具はぴかぴか光つてゐるし
山はぼんやり
岩頸だつて岩鐘だつて
みんな時間のないころのゆめをみてゐるのだ
　そのとき雲の信号は
　もう青白い禁慾の
　東にたかくかかつてゐた
山はぼんやり
きつと四本杉には

今夜も雁もおりてくる

「これが宮沢さんの体験から来た名詩と言ふのだらう　現在までのどんな詩人でも『あゝいゝな　せいせいするな』と言ふやうな骨肉的な言葉を最初からぶつつけることは出来なかつた　この人の生活が即人生であり即思索であつた強味が生き生きとしてゐる」。

私は、喪失をテーマにした「永訣の朝」を取り上げます。

永訣の朝（全）

けふのうちに
とほくへいつてしまうわたくしのいもうとよ
みぞれがふつておもてはへんにあかるいのだ
（あめゆじゆとてちてけんじや）

うすあかくいつさう陰惨な雲から
みぞれはびちよびちよふつてくる
　（あめゆじゆとてちてけんじや）
青い蓴菜のもやうのついた
これらふたつのかけた陶椀に
おまへがたべるあめゆきとらうとして
わたくしはまがつたてつぱうだまのやうに
このくらいみぞれのなかに飛びだした
　（あめゆじゆとてちとけんじや）
蒼鉛いろの暗い雲から
みぞれはびちよびちよ沈んでくる
ああとし子
死ぬといふいまごろになつて
わたくしをいつしやうあかるくするために

こんなさつぱりした雪のひとわんを
おまへはわたくしにたのんだのだ
ありがたうわたくしのけなげないもうとよ
わたくしもまつすぐにすすんでいくから
（あめゆじゆとてちてけんじや）
はげしいはげしい熱やあえぎのあひだから
おまえはわたくしにたのんだのだ
　銀河や太陽　気圏などとよばれたせかいの
そらからおちた雪のさいごのひとわんを……
……ふたきれのみかげせきざいに
みぞれはさびしくたまつてゐる
わたくしはそのうへにあぶなくたち
雪と水とのまつしろな二相系をたもち
すきとほるつめたい雫にみちた

このつややかな松のえだから
わたくしのやさしいいもうとの
さいごのたべものをもらつていかう
わたしたちがいつしよにそだつてきたあひだ
みなれたちやわんのこの藍のもやうにも
もうけふおまへはわかれてしまふ
（Ora Orade Shitori egumo）
ほんたうにけふおまへはわかれてしまふ
あぁあのとざされた病室の
くらいびやうぶやかやのなかに
やさしくあをじろく燃えてゐる
わたくしのけなげないもうとよ
この雪はどこをえらばうにも
あんまりどこもまつしろなのだ

あんなおそろしいみだれたそらから
このうつくしい雪がきたのだ
　　（うまれでくるたて
　　　こんどはこたにわりやのごとばかりで
　　くるしまなあよにうまれてくる）
おまへがたべるこのふたわんのゆきに
わたくしはいまこころからいのる
どうか これが兜率の天の食に変つて
やがてはおまへとみんなとに
聖い資糧をもたらすことを
わたくしのすべてのさいはひをかけてねがふ

私の親鸞——その足跡

私の親鸞は、その教理としての『教行信証』にあるのではありません。親鸞の教義を充分に理解する知恵も力もありません。また信仰としての「親鸞」があるのではありません。信仰心をもつべく「信」の世界に入る技も、「信」に向かって飛び越える力も、意欲も、私には今もってありません。

ただ、『歎異抄』によって、私の「親鸞」を想定できるだけです。凡人の空言と笑っていただいてもかまいません。そもそも、聞くに値しないと叱られるかも知れませんが、それも凡人ならではのしわざだと思ってください。ある時『歎異抄』に引き寄せられた男が、その無知にも恥じず、「親鸞」について考えてみてしまったのです。

たとえば、『歎異抄』の中で私の好きな章句は、第八章です。そこには、こうあります。「念仏ハ行者ノタメニ非行非善ナリ。ワカハカラヒニテ行スルニアラサレハ非行トイフ、ワカハカラヒニテツクル善ニモアラサレハ非善トイフ。ヒトヘニ他力ニシテ自力ヲハナレタルユヱニ、行者ノタメニハ非行非善ナリト云々」。ここにいる、親鸞が「私の親鸞」ということになります。

その、最初のいざないは、吉本隆明さんの作品『最後の親鸞』です。この本を読んだことにより唯円が書いたといわれる、『歎異抄』について考えることになったのです。唯円の足跡を考える中で、杉浦銀策氏の作品『歎異抄の唯円とその周辺』に出会いました。

『歎異抄』を書いたとされる唯円、その出自については、いくつかの憶測がありますが、定かなものではありません。ただ私が『歎異抄』から感じられることは、京に在住する「親鸞」の近くにいて、ある一定期間「親鸞」その人と生活を共にした（仕えた）人であったということです。唯円はある時、ほんとうの「信心」を聞きに、関東から訪ねてきた人たちを迎え、「親鸞」を訪ねてきた人々の近くに座り、「親鸞」の念仏以外に信心の秘密はないという言葉を聞き（第二章）、「親鸞」に自分の念仏についいての思いを直接質問をし（第九章）、また「親鸞」に、人を千人殺して来いと問答を仕掛けられ（第十三章）ています。そして、その時々に発せられた「親鸞」の言葉を綴っています。もちろん「親鸞」の言葉は「親鸞」の言葉そのものなのでしょうが、綴ったのは唯円なのです。『歎異抄』の一つ一つに唯円の「信」じた「親鸞」が生きているといえると思います。

唯円はまず、漢文にて『歎異抄』の序を書いています。「仍テ、故親鸞聖人御物語ノ趣、耳ノ底ニ留ムル所」と記されています。張鑫鳳はその作品『中国人が読み解く歎異抄』において、歎異の意味を「不可思議を讃嘆する」と解釈しています。唯円には、浄土真宗の現在と未来について嘆き、深く憂うる部分があったのでしょう。しかし「親鸞」の言葉は「不可思議を讃嘆」するものだった、というのです。讃嘆《さんだん》とは、褒めたたえることです。そのために『歎異抄』を記したというのです。なるほどと思います。その端的な現れは第一章でしょう。「弥陀ノ誓願不思議ニタスケラレマヒラセテ、往生ヲハトクルナリト信シテ念仏マフサントオモヒタツココロノヲコルトキ、スナハチ摂取不捨ノ利益ニアツケシメタマフナリ」

また、口伝ともいっています。受け取り方によっては親鸞から直接に「面授」を受けた特別のもの、とも受け取れます。さらに内容全体については、きわめてラジカルな内容だと思います。そのために後の人々を惑わせ、たとえば石田瑞麿氏などは、彼の編んだ『親鸞全集』では別巻に載せてしまったのです。『歎異抄』が『親鸞全集』の別巻扱いなのです。その別巻のあとがきで石田端麿氏は、「『親鸞全集』の刊行が順調に進むめどがついた時点で、編集部の方から別巻として『歎異抄』や親鸞の妻恵信尼の『恵信尼消息』など、親鸞の言行を伝える幾つかのものをまとめて、読者の要望に応えてはどうか」とすすめられた、このように別巻を作る経過を述べています。石田端麿氏は彼の編んだ『親鸞全集』に『歎異抄』を入れるつもりはもともとなく、編集部の依頼があったからと書いています。『歎異抄』はさまざまに評価が分かれる、またさまざまに論じられる書です。

『歎異抄』はわずか一章から十八章までの短い文章の集成です。一章から九章までは、「親鸞」その人が話した法話の形をとっています。十章は十一章以降のための準備であり、十一章からは、「親鸞」の言葉を借りながらも、もし作者が唯円とするならば、あるいは唯円としなくても、「親鸞」に対する思いを守るための、ある懸命な努力が綴られているといえると思います。ただ、十八章の最後の結びの部分「後鳥羽上皇の御代に云々」などは、唯円が書いたとは誰も思わないと思います。

『歎異抄』は、蓮如の写本でも、「外見アルヘカラス」「左右不可許之者也」と記している形をとっています。これも、誰が本当に記したかはわかりません。宗派が出来上がった以降に、一門の限られた人だけが読むことが可能な、浄土真宗の一般的な教義ではなく、いうなれば奥義ともいえる書物へと扱いが変わっていったのだと思います。それゆえ「信」も「知」もない私をひきつけるのかも知れません。

親鸞の略歴を確認します。

一一七三年京都に生まれる。一一八二年九歳で得度。比叡山延暦寺にて修行。一二〇一年二十九歳で比叡山延暦寺を出、法然門下に入る。一二〇七年越後に流罪。一二一一年赦免。京都には戻ることなく、一二一四年家族と共に東国（常陸の国）に行き、布教活動に入る。六十二、三歳頃家族と別れ京都に帰る。東国での布教活動はおよそ二十年、一二六二年入滅。ちなみに曹洞宗の道元は一二〇〇年生まれ。日蓮宗の日蓮は一二二二年生まれ。鎌倉時代は次々と後の宗門を立てる僧が現れ、それぞれ旧勢力による弾圧を受けた。

親鸞に戻ります。親鸞は四十歳過ぎから六十歳過ぎまで布教活動、今日的にいえば働くことのできる時は流罪と布教の生活でした。平松令三氏は『親鸞の生涯と思想』の中で、常陸では善光寺の勧進だったのではないかと書いています。京都に帰るときはすでに隠居生活の時期です。ただ長命であったため、京都の生活は長いものとなりました。

京での生活については、関東在住中に一応は書き上げた『教行信証』を練り上げることや、関東からの手紙による質問への応答、訪問する者への応対、関東の一門の内紛などの調停、といったことが伝えられています。実子「善鸞」の義絶など、苦渋をなめたのも京においてでした。

親鸞は最後まで、宗門を立ち上げようとは思っていませんでした。あくまで法然の門下という立ち位置です。山折哲雄氏が『悪と往生――親鸞を裏切る『歎異抄』』において、「(『教行信証』が)えんえんとつづく引用文の行間から顔をのぞかせる親鸞の肉声は、ほとんど一割に満たないのではないか。今日のいかなる学会においても、このような形で書かれた学位論文があるとして、まず審査を通過することは難しいにちがいない。それを一個独立の論文とみなすものは一人もいないだろう」と書いています。しかし、当然ながら親鸞は、『教行信証』を論文として書いているのではありません。山折哲雄氏も「そこからは数かぎりない引用文とかれの魂の格闘のあとが、激しい摩擦音を発して立ちのぼってくる。親鸞の個性的な思想がまばゆいばかりの輪郭を形づくって浮上してくる」と、すぐに承認します。

もともと親鸞は『教行信証』を公にする意志もなく、山折哲雄氏がいうように、ある思索の跡が『教行信証』の大きな意味だと思います。親鸞は浄土教の知識を求め続けて、自らの思想の確立を目指していたと思います。しかし、実際『教行信証』は弟子、ああ弟子といってはいけないのです、「親鸞ハ弟子一人モモタスサフラウ」ですからね。いい換えましょう、親鸞を慕う人に渡しているだけです。「論文として認められない」などは、いってもしかたないことだと、私は思います。しかし、後代の人が『教行信証』などをばねに、新たな宗門を開いた、そのための大きな力になったことは間違いないのではないのかと思います。

唯円は一説には河和田の人唯円と呼ばれていています。唯円については、杉浦銀作氏の本に頼ります。「『歎異抄』の作者唯円は常陸国府の信願の弟子であった。誕生の地はどこか、これは分からない。親鸞―真仏―信願―唯円の法脈。（略）信願の弟子唯円は一二二二年生まれ。十代半ばで信願の弟子となり、（略）親鸞が関東で常陸国稲田から常陸国府までたびたび布教に赴いた折に、少年唯円も門法値遇に浴することができたと思われる。（略）親鸞が関東から帰洛し、それから数年後になると、関東在住の多くの門弟たちが、五条西洞院の寓居に師を訪れるようになった。唯円も先輩弟子に混じって何度か上京した」

「「親鸞」の十三回忌に上京する。その際、尊敬すべき先輩の慶西に懇請され、大和国吉野で布教をする、またその折、「唯善」とも対面したはずである。（略）一二八三年ころであろうか、覚信尼が死去。母を失った弘雅（唯善）は自らの居場所を失い、常陸国河和田まで下って、唯円の弟子となる」（引用者注：覚信尼は親鸞の娘）「一二八八年上京、後の本願寺第三世となる若き覚如と対面し、真宗の法義を伝授した。（略）唯円は覚如との対面を終え、前もって準備しておいた『歎異抄』の草稿を覚如に託して大和国下市に向かった。（略）自ら創設した念仏道場で息を引き取る、一二八九年二月六日のことで、享年六十八」。お墓は、恵日山立興寺（奈良県吉野郡下市町）にあります。

『歎異抄』に戻りましょう。一章から九章は親鸞の法話の形をとっており、それぞれ短いものです。十章以降は、少し饒舌になりその書き方は『末燈鈔』のような形になりました。『末燈鈔』は手紙の束なので、宛てられた念仏者それぞれに言い聞かせるような内容になっています。

加藤辨三郎氏は『末燈鈔』の解説で、ニュートンの万有引力を持ち出して「法」を説明しています。ニュートンの万有引力の法則は「すべての物体が互いに引き合う孤独な力」なので、むしろアインシュタインの重力の法則を例にしたほうがよかったのではと、私は思います。重力は「その物体の質量によっておこされる、空間の歪み」ですから、「阿弥陀様」のその願いの質量ゆえにわれわれ凡夫が引き寄せられる、とのたとえの方が良いのではと私は思いました。

私が『歎異抄』に引き寄せられたのは、一章から九章までの、人々が親鸞の話を耳をそばだてて聞いている、その聞いている人たちを、思いのほか突き放したように、まるで聴衆を意識していないかのような、素直に自分の思っていることを口から漏らしているようなところです。

唯円はラジカルに親鸞の言葉を記します。それは後の専門家を悩ませ、素人である私をひきつけます。内容についてはたくさんの解説があり、また、現代語訳だけでもおおよその意味をくみ取れると思います。

『歎異抄』があったからこそ、浄土真宗がこの孤島で広まり、信者でない者にも『歎異抄』をそばに置いて考えてみたいと思わせ、親鸞について考えさせてしまうのではないでしょうか。唯円はその書で親鸞の言葉をラジカルに記し、そしてリベラルに生きた。唯円がリベラルに生きたという意味は、唯円とは何者か、現在もわからないからです。道元は修行により、座禅を組んで座り、結果として自我・我執を捨てることを教えます。親鸞は念仏を唱え、自我・我執をはなれ、「摂取不捨」に任せよといいます。私は、夏目漱石の『門』の主人公、宗助と同じように、修行もできず、また念仏もできず、今日も煩悩の海を漂い、小慈小悲に生きているばかりです。

吉本さんは『最後の親鸞』に「たしかに、〈わたし〉は相対的な世界にとどまりたい。その世界は、自由ではないかも知れないが、観念の恣意性だけは保証してくれる。飢えるかも知れないし、困窮するかも知れない」と書いています。この吉本さんの「観念の恣意性」という言葉にたよって、私は、あてどない自分の道を歩いているのだと思います。

杜の窓——読書のすすめ

ヘミングウェイの短編「清潔な明るい場所」

私は旅や冒険家が好きです。でも私たちの仕事は日々の生活の繰り返しであり、そこには冒険も新たな発見もありません。

しかし誰をも、あるいは多くの人々がそうであるように、その日々を支える、「何かが」私たちにはあるのだと思います。

人の社会を森にたとえてみますと、一人一人は木であり、草です。私たちは時に、森を考え、木や草について考えます。

今、それぞれの現場で働いている人、またこれから私たちの仲間になろうかと、ふと思った人に、その仕事の小さな声かけになればと思い、「杜の窓*」を始めます。

私のことをいえば、長く私を裏側から支えてきたものは、ひそかな読書でした。皆さんに空想の中の物語をすすめたいと思います。

今回は中年のウェイターの話です。ヘミングウェイの短編「清潔な明るい場所」、この作家は一八八九年イリノイ州生まれのアメリカ人です。第一次世界大戦に赤十字の一員としてイタリア戦線に行っています。この経験を踏まえ、作家としてデビューします。

一九五四年にはノーベル文学賞を受賞しています。清潔で明るい場所を提供するという、中年ウェイターの言葉に私は励まされ、この物語を書いた作家、ヘミングウェイがとても好きになりました。

＊コラム「杜（森）の窓」は、二〇一七年四月から二〇一九年十一月にかけて、私が勤務する福祉関連職場のホームページのブログに連載したものです。

サリンジャー『ライ麦畑でつかまえて』

「杜の窓」を書くことにしたのは、私が、私たちの仕事の小さな伝令になろうと思ったからです。主観的と客観的という言葉があります。科学研究の場では、客観性が主役だと思いますが、私たち対人支援の現場では、そのどちらも大事です。客観的には正しいことも、主観的には「嫌」である場合は多々あります。主観のない人生など考えることができません。客観と主観、どちらを選択するのか、支援の現場はその意味では複雑です。

森の窓からで本を紹介することにより、その本をとおして、私たちの仕事をほんの少しでも理解してもらえれば幸いです。

今回は、アメリカ文学の続きです。サリンジャーの『ライ麦畑でつかまえて』*です。主人公のホールデンは、いくつかの高校を退学になり、そしてニューヨークの街を彷徨します。「躓き、傷つく」彼は言います。「やりたいことは、ライ麦畑で遊ぶ子供たちを見守る、そんな役をしたい」。そんな彼に、私は伝えたいと思います。「ここに、そんな仕事があるよ」と。

＊村上春樹訳の『キャッチャー・イン・ザ・ライ』もあります。

大江健三郎『芽むしり仔撃ち』

仕事に個人的な苦労は、悪魔の仕業でなくても、山とあります。やれやれです。残念ながら、苦労は至るところに横たわっています。

私も、転職！　それも考えなかったわけでもないのですが、自分で選んだ仕事だし、他にもっと素敵な仕事も思いつかないし、天からの啓示もなかった。結果として、好きで続けたわけです。

ヘミングウェイ、サリンジャーと二人のアメリカ文学をすすめたので、今回は日本の文学をと思います。

大江健三郎の『芽むしり仔撃ち』です。

主人公の少年の困難と読む側の読者の困難。東大文学部仏文学科出のエリートは、豊富な語彙と豊かな感性で、主人公にも読者にも苦労を強います。ドストエフスキーのような長いお話を書く人の小説は、読むうえで苦労の連続的な面があると思いますが、これは短編なので、苦労も超せるのではと思います。何といっても、大江健三郎は日本列島人の好きなノーベル文学賞の受賞者です。ちなみに文化勲章の受章は拒否しています。

一読の意味はあると思います。

林京子『祭りの場』

イギリスの精神科医であるレインは、「ある事物を見る最初の観点が、その事物に対するその後の態度をすべて決定してしまう」といっています。

私は五十年ほど前までの、この列島に生き、生活し、日本語を日常用語にしていた多くの女性たちは、巫女になる素養があったのではと思っています。

三人の巫女というべき女性文学者を紹介したいと思います。今回は、先日亡くなられた林京子さんです。

国家が戦争という道を選択し、無数の悲劇が引き起こされた時、その終末期に長崎市民は原爆投下を経験させられます。ここにも戦争は目を覆うような悲劇を展開させます。その時、偶然に体験し、生きることができた市民の一人が林京子さんです。少女は後にその体験を基に、小説家の道を歩きます。私にいわせれば、小説家という「巫女」になりました。その一歩が『祭りの場』です。

このアジアの孤島に住み、生活をする人々に、ぜひ彼女の生の、生の風を受け止め、あるいは、受け止めきれなくても心で感じてほしいと思います。現在の私たちは、ずいぶんと寂しい所まで歩いてきてしまったようにも思います。

石牟礼道子の自伝風作品「椿の海の記」

巫女の紹介、二人目です。哲学者のレヴィナスは、「他者に対する責任とは、主体性という非場所が定位される場所であり『どこ』という問いの特権が失われる場所である」といっています。それなのに、私はつい「どこで？」と問うてしまいます。

熊本の水俣という場所で水銀中毒の企業犯罪を告発し、その展開をドキュメントのような形の小説で発表し、小説家という「巫女」になったのが石牟礼道子さんです。その小説『苦海浄土』は機会があればぜひ読んでみてほしいと思います。私の個人的見解では、大江健三郎以上に、この人にノーベル文学賞を受賞してほしいと思っています。

しかし今回紹介したいのは、彼女の少女時代を描いた自伝風の作品「椿の海の記」です。この小説を読んで私は、「巫女」になるべき人だと思いました。みずみずしい少女の感性を失わずに大人になった石牟礼道子という人に、秘かに憧れています。

草間彌生の短編「離人カーテンの囚人」

今回は、三人目の巫女の紹介です。現在は、ある意味で時の人になっていて、その独特な雰囲気を持った絵画をたくさんの人が見ているので、私が巫女さんだといっても、あまり違和感や意外性を感じる人はいないのではと思います。

私があえて紹介するのは、彼女の書いた小説です。一冊の文庫に三篇の小説が載っています（『クリストファー男娼窟』角川文庫）。その中の一篇である「離人カーテンの囚人」を紹介します。文庫末の解説では、文学であるが小説とはいえないなどと、つまらん言葉がありますが、必要のない解説だと思います。この短編で感じられるのは、草間彌生さんの、少女から女としての心的な歴史です。やはり「巫女」になるべくしてなった、一つの根拠というべき精神史を感じ取り、現在の草間彌生さんが、私なりに理解できるように思います。

彼女が赤毛の鬘をかぶり文化勲章を受章しているテレビニュースは少し楽しい感じを私は持ちました。文化勲章授章式のニュースが楽しい感じになるなんて、そうそうあるものではないと思います。今後も活躍をお祈りします、という感じになりました。

宮沢賢治の童話「猫の事務所」「虔十公園林」「土神と狐」

三人の巫女さんを紹介しましたので、その流れでもありませんが、男の巫女さん「巫覡」ともいえる、宮沢賢治さんを紹介したくなります。彼は、私から見ますと、その生活のほとんどが親がかりであり、女性の姿も妹のとし子以外見えません。列島の自然の中から生まれ出た独り神「独神」のようです。

彼の詩「雨ニモマケズ」からは、私たちの中にある美しいものを勇気づけてくれる気がします。この私でさえも、そういう人になりたいと思えます。

たくさんの童話がありますが、その中で、三つを紹介します。一つは「猫の事務所」です。現代のイジメ事件を考えさせてくれます。仕事を続けてきた中で「解散」と言いたい時も多々ありました。もう一つは、「虔十公園林」です。知恵遅れの主人公はみんなのために木を植えます。博士などに認められないと、さらに良いように思いますが。さらに「土神と狐」です。私たちのいけない心を心配させてくれる、その意味では私たちを励ましてくれる童話の数々です。

私たち、列島人は素晴らしい「独神」を授けられています。

川端康成『眠れる美女』

若く静謐で、なお激しく燃える人たちのお話が続いたので、おじさんの心の底で黒く燃える火を紹介します。

列島の人として、彼なりの美意識を持ち続け、戦後の日本で充分な評価を受けた川端康成さんです。

この小説は彼にとって書いてよかったのか、書かない方がよかったのかわかりませんが、なかなかの小説だと思います。ちょっと変かも知れませんが。

彼は、七十歳を過ぎて自殺します。理由は不明です。そのため、憶測が生じ「お手伝いさんに恋をしたため」という文章も出ました。家族は名誉棄損で訴えましたが、私は文学者にそんな名誉などないと思います。

前置きが長くなりました。今回紹介するのは『眠れる美女』という小説です。本当に川端康成さんの作品かと疑われるものですが、高齢者の心理を巧みに書いていると思います。フロイトはリビドーという概念を提案しましたが、私はその提案に基づいて、リビドーは生きる力と理解しています。

私自身は、川端康成の作品では『山の音』が好きです。初老の男性のありようが、よく表現されていると思います。

ついでに、老人に興味を持った方は、谷崎潤一郎の『瘋癲老人日記』もおすすめします。

昭和文学の代表者の二人です。

村上春樹『羊をめぐる冒険』

五十年前以上の物語ばかり紹介していると批判を受けそうに思いましたので、今世界で最も支持されている、村上春樹さんを紹介したいと思います。私が紹介する必要もないほどに、現在最もその小説が読まれている人だと思います。でも作者が四十年にわたって紡いできた中で、その中での一冊とか二冊を紹介する人は、それほど多くはないかと思いますので、あえてと思いました。

代表作は『ねじまき鳥クロニクル』になると思います。一番面白いかといえば、そうでもないかも知れません。どれも面白いですが、村上春樹さんの体力と知力と感性が一番に充実した時の作品だと思います。青春物としては『羊をめぐる冒険』をすすめたいと思います。松任谷由実風にいえば「青春の後ろ姿を」ですかね。全体の作品をとおしてリズムは一定のものがあり、現在の社会の不安の在りかを探して、作者は旅を続けます。いつも羊ならぬ「山羊にひかれて」旅を続けます。小説家は皆そういう一面があるのかも知れませんが、とどまるものもほしかったように思います。ないものねだりかも知れません。

吉本ばなな『キッチン』

もう一人現代の女性作家を紹介します。吉本ばななさんです。皆さんご存知のように、彼女のお父さんは吉本隆明さんです。

吉本隆明さんに対する私の意見は、「彼のことを悪くいう人は信用に値しない」です。その思想は特別なものであり、西欧から見た「月の裏側」ともいえるアジアの端から世界を見据える視線を持った、ある意味で正否の枠を超えた、列島人に生の在りかを問うたものでした。なにしろフランスの思想家ボードリヤールが来日時に吉本さんと対談し、彼、ボードリヤールに「絶望が足りない」と言い放った人です。

そのお父さんのもとで育った吉本ばななさんが、幸せ者なのか苦労人なのかはわかりませんが、作家として一流の人であることは事実だと思います。やはり彼女が最初に世に出たというべき作品『キッチン』を紹介します。当時の若者からきわめて高い支持を受けた作品です。私も若者の感性に感心した一人でした。

山田詠美『ぼくは勉強ができない』

さらに、女性作家の紹介です。そのデビュー作『ベッドタイムアイズ』をはじめ、ちょっと凡庸な列島人である私などは距離を置きたくなるような作品が、彼女の特徴でもありますが、もともとの物が違うので、馬鹿なことを言うなと叱られてしまいそうです。でもハードでない作品もあります。「ハードの基準は問わないでください」

今回紹介するのは『ぼくは勉強ができない』です。山田詠美さんの主作品とは少し景色が違うと思いますが、私には落ち着きます。私にとっての小説には、そわそわさせる物と、安心させる物がありますが、クンデラの『存在の耐えられない軽さ』などは、偉い人に何時間も問い詰められているような落ち着きをくれない作品ですが、一気に読み進めることが困難で、途切れ途切れ読むことになってしまいます。それに比べれば『ぼくは勉強ができない』などは、私のような凡庸な列島人に安心を与えてくれます。

松尾芭蕉『おくのほそ道』

今回は、古典を紹介します。日本の文学は『万葉集』から始まるというべきでしょうが、私の好きな平安時代の紫式部の『源氏物語』をはじめとした、才気ある女性たちを中心とした物語文学からともいえると思います。『源氏物語』や『枕草子』などは現代語訳がありますので、興味を持ちましたら読んでみてください。

今回紹介したいのは、さらに時代が下った江戸時代、元禄の時です。折口信夫さんは、「芭蕉ほどには世の中を寂しくできないが」といってます、歌人釈超空としての発言かなあ。松尾芭蕉のその紀行文は私たちの心の底を寂しさにいざないます。列島人的な寂しさといってよいと思います。

代表作は『おくのほそ道』です。同時代に、井原西鶴、近松門左衛門と時代を代表するような三人の作家が出現しているのも、この時代の特徴なのではと思います。『おくのほそ道』では、芭蕉は奥州を弟子の曾良を供に歩きます。白河、松島、月山と困難な道を歩き、俳諧師としての道を極めます。この作品で私たち列島人の心の底も同時に摑んだと思います。

谷川俊太郎『二十億光年の孤独』

今を精一杯生きる、しかしその中から明日、回収可能なものも、回収不可能なものもあります。未来の約束がない中で、私たちは希望を持ったりするのです。深く絶望し、なおかつ希望を持つことを、私たちは強いられているといっていいのだと思います。

文学を読むという、他者の個人的な幻想やある共同的な幻想に、共感したり、唾棄したりの繰り返しで私は生きてきましたが、時間を感じられることが生きていることでもあります。

前回は江戸時代の俳人松尾芭蕉を紹介したので、現代の詩人である谷川俊太郎さんを紹介したいと思います。彼の十代の時の詩集『二十億光年の孤独』は高校生の私を躊躇なく瞬時に捉えました。それは、孤独であることは、ある意味自立でもあったのです。この詩集の発表以来、谷川俊太郎さんという詩人は、列島の唯一といっていいのかも知れない職業詩人として、いまだに言葉の魔術師として活躍しています。

俵万智『サラダ記念日』

まったく個人的で恣意的ですが、俳人松尾芭蕉、そして詩人谷川俊太郎を紹介した後は、歌人を紹介したいと思います。

俵万智さんの『サラダ記念日』です。おそらくこれほど売れた歌集は、後にも先にもなかったのでは。歌人としての知識を基に、言葉を織り成すのではなく、普通の女性が、日常生活の言葉で歌を詠むことを見事に達成した、その感性と能力には、まったく驚かされました。その軽みは、ある意味松尾芭蕉の歌心でもあるのではないでしょうか。

東海の列島人の社会が、若い女性たちの幻想をその中心軸に動いていくための、「ミシャクジ」（古くから信仰されている土着の神さま）のような歌集だったような気がします。

もしかしたら、彼女もやはり列島の巫女だったのかも知れません。

列島の幻想は「アマテラス」や「山の神」でも、女性の幻想を基に回っていることを、密かに確認しておいたほうがよいようです。

赤瀬川原平『老人力』

今まで、どちらかというと、若い人たちへの読書のすすめを書いてきましたが、今回はおじさんに紹介したい本があります。

赤瀬川原平さんの『老人力』です。彼の多才な才能は、列島の現代人の中では特筆ものだと、常々思っています。その極めつけの一つが「老人力」の発見です。フランスの女性哲学者ボーヴォワールは「老いとは喪失の過程」と書いてますが、赤瀬川原平さんは「老人力の獲得」と従来の思想を転回しました。さまざまな喪失に焦ったり、認めたがらないおじさんやおばさんに、新視点を提案した見事な思想だと思います。

列島人も捨てたものではないなと、感心しました。人は必ず老い、そして死ぬものです。そうでない人間のあり方は恐ろしく恐怖でもあります。小林秀雄は「陸沈」という言葉を使っています。都会の片隅に静かに生きる老人がよいと思っています。存在するとは時間の流れの中にあることです。

夏目漱石『吾輩は猫である』

ロシア語の小説家の名を一人だけという問いがあれば、ドストエフスキーを挙げる人が多数だと思います、またラテンアメリカのスペイン語の小説家だったら、ガルシア＝マルケスの『百年の孤独』を挙げる人が、文学好きの多数派だと思います。では日本語の小説家はというと、やはり夏目漱石になると思います。作品は最後の『明暗』とか、『こころ』とかさまざまな良い作品がありますが。『三四郎』『それから』『門』も三部作として有名です。しかし現在の若い人たちに、受け容れてもらえるかは、ハテナが付くことになるような気がします。でもせっかく日本語の小説家として代表的な人ですから、少し付き合ってもいいのではと思います。折しも「猫」ブームですから、処女作の『吾輩は猫である』に付き合って読んでみてはと紹介します。

漱石は日本の近代以降最大の文豪だと思います。さらに興味があったら、その解説と紹介ともいえる、吉本隆明さんの『夏目漱石を読む』（講演集です）を読むと、理解の早道かも知れません。

江戸時代という永い封建時代が終わり、人々は新しい時代を生きた時ですが、明治は市民にとってむしろ暗い、先の見えない時代でもあったのだと思います。先の見えなさを明るく生きる人もいるかも知れません。まして大人は、家族や子供たちのために努めて明るく生きることが、求められる面があります。漱石などはそれが不得意だったと思われますが……。それらのことを了解しながらも、しかし混迷の時と受け止め、思索を深めることは大事なことです。所詮私たちは、ただ無為に生きることはできないのですから。

ラフカディオ・ハーン『日本の面影』

夏目漱石を紹介したので、漱石の職場の前任者を紹介します。共に早くに退職に至っています。彼らには、とりわけ漱石には、東大教授はそれほど魅力的な職場ではなかったのかも知れません。さて、ラフカディオ・ハーンは（日本名は小泉八雲です）、静かで優しい日本列島を愛した人です。遠くギリシャから旅をしてきた旅人です。彼は列島に辿り着いたことを喜び、そこで生涯を終えました。八雲はいうまでもなく「八雲立つ」出雲から取った名前です。千五百年前の古事記や日本書記の時代の出雲にかかる枕言葉です。

彼の作品は多数ありますが、『日本の面影』を紹介します。私たち列島人が歩いてきた、漱石の生きた世界とはまた違う、江戸時代から明治時代の孤島、懐かしいような列島です。ハーンはその情景、その空気を愛しました。それからの時代を歩き、躓き、歩いた果てに、私たち列島人の得た物は大きなものかも知れませんが、『日本の面影』を読むと、私たちの失ったものの大きさも考えざるを得ません。旅人から、自分たちのことを教えられることがあります。

トーマス・マン『ベニスに死す』

ナチスドイツのT４作戦を知っていますか。国家としての障害者の抹殺作戦です。津久井やまゆり園での、元職員による大量殺人事件は、個人によるT４作戦といえると思えます。元職員は、自己の正当性を確認するために、自分よりも下と思える人を否定するという、比較的単純な発想なのだと思います。大量殺人事件に至ることはまれですが、生活や仕事の中でたくさんそのような現実に立ち会ってきたような気がします。

さて、ナチスドイツに抵抗した作家はたくさんいますが、やはりドイツの大作家では、トーマス・マンを挙げることができます。彼の正統派としての作品に『トニオ・クレーゲル』や『魔の山』などがありますが、今回紹介したいのは、『ベニスに死す』です。ドイツ人は、イタリアで生活することにより、新たな自己を再生することができるような気がします。ドイツの堅い人たちとイタリアなど南部ヨーロッパの軽く見える人たち、その融合は今日も難しいようです。他者の許容や受容は成熟と何かが必要な気がしますが、その「何か」を探して歩き続けたいと思っています。

三木成夫『胎児の世界』

日本語人は、言葉も虫の声も左脳で聞いてしまう他の言語の人たちと違っているという研究があります。このように脳で処理をしているのは、ポリネシアの人と日本語人だけだそうです。私は、ニーチェのルサンチマンの考えとは違った感じで、芭蕉の俳句「閑《しずか》さや岩にしみ入る　蟬の声」を詠んでいるように思っています。ある意味で私たち列島人は、自然と一体化した存在になりやすい人たちなのではと思っています。

今回はちょっと変わった本を紹介します。三木成夫さんの『胎児の世界――人類の生命記憶』です。母胎のツワリは胎児の上陸だと教わりました。「個体発生は系統発生を繰り返す」という、有名なテーゼがありますが、その例の証明をしています。これは言語や他の文化などと違い人間の、単純な意味での生物としての話です。母体の中で人は魚類のように発生し、両生類のようになり、哺乳類になるとのことです。合わせて、生物の体内時間は月の動きに対応しているので、太陽に対する自転の二十四時間より、潮の満ち引きの時間に対応している可能性も、いっています。「朝、起きられない理由かも知れない」と教わりました。支援の現場ではよく考えさせられました。

長野県富士見町立「井戸尻考古館」

平成生まれの新人職員の入職が話題になったのは、ついこの間のようですが、月日は淀みなく流れます。画家ゴーギャンの作品に「我々はどこから来たのか、我々は何者か、我々はどこに行くのか」という作品があります。私は折々にこの言葉とこの作品について心に思います。ホモサピエンスという私たちは、十万年ほど前にアフリカを出発し、地球の隅々まで進出したそうです。私たちの住む列島には、およそ二万年ほど前にやって来たそうです。その後、この極東の列島は一万年ほど前からは、学校でも教わる縄文時代という時代を生きています。この縄文時代の痕跡は、北海道から九州までさまざまな場所で見つかっています。有名な遺跡に青森の「三内丸山遺跡」がありますが、鹿児島にも同じように「上の原遺跡」があります。

今回は本の紹介ではなく、縄文時代の遺跡資料館「井戸尻考古館」を紹介させてください。「井戸尻考古館」は、東京や横浜からも比較的近い、長野県富士見町の町営施設です。ロケーションが素敵です。玄関を入る前に振り返ると、右手に南アルプス山脈甲斐駒ヶ岳、正面には富士山です。資料館には、さらに感動的な「神像筒型土器」があります。少なくとも私は感動と混迷でした。ぜひ一見をおすすめします。この土器を作った縄文時代の人々は、私たちが学校の教科書で教わったり、本屋で目にする縄文時代の解説本などの説明が、それほどあてにはならないものかも知れないと思わせます。それらの作品は、私たち列島人とは何かについて再考を促す、高度な技術と深い思いが込められた作品だと思います。

三島由紀夫『夏子の冒険』

年明け雪が降ったりすると、よく三島由紀夫の『春の雪』を思いだします。昔の話ですが、私は、主人公が訪ねる奈良のお寺まで情景を確認しに行きました。川端康成や大江健三郎に劣ることのない、優れた小説家だと思います。

小説は好きでしたが、彼の雑誌やメディア等での意見には、いつも違和を感じさせられました。ただ、防衛庁での割腹自殺には驚きました。彼は物事を誇大に考えて、辛抱が足りなかったのかも知れません。もっとも辛抱する必要もないのかも知れませんが。まあ私の個人的な感想です。

私は『美しい星』が好きですが、『夏子の冒険』をすすめたいと思います。村上春樹の『羊をめぐる冒険』のいわゆるネタ元でもあると思います。三島由紀夫さんらしい感じではないかも知れませんが、もともと優れた作家なので、なんでも上手です。これは三島由紀夫さんの作品の中でも一風変わった、爽やかで明るい物語になっていると思います。

中上健次の短編「一番はじめの出来事」

働くことは、それによって私が生きることであり、不確実な未来の困窮から我が身を護るものです。労働することは、生の不確定性から身を護りつつ自由に生きる基底です。それは、私たちの生きる手段です。ですから、仕事や職場が私たちにとって豊かなものであるかは、常に重い課題です。

私にとっては、私たちの対人支援の仕事が労働として成立していることは、一筋の光であり希望です。ある意味でそれだけでも豊かなのですが、人はさらなる豊かさを求めます。フーコーのいうように、砂浜に描いた絵のように必ず人は消えていくのだと思います。それでも私たちは労働を続けています。

中上健次さんを紹介します。小説家としてのデビュー作「一番はじめの出来事」です。中上健次さんの多くの小説は「読みにくい」「面白くない」が私の感想です。一度吉本隆明さんに、「面白くないから本人に言ってほしい」と言ったことがあります。その頃吉本さんと中上さんが仲良くカラオケなどに行っているのをどこかで読んだからです。でも、このお話は、てらいがなく、私は好きです。若くして亡くなられましたが、当時のトップリーダーの作家でした。

島崎藤村『夜明け前』

私たちは、支援の仕事をしていますが、支援とは他者を翻訳することでもあります。解らない他者を受け容れることは困難です。解ろうとする姿勢、そしてその努力が仕事や生活の中で必要とされます。

「わかんなあい」から最近は「いいね」になっていますが、それは自己の殻の中に籠もろうとしていて、言葉の意味では変わらないように思えます。北朝鮮のこと、トランプ大統領のこと、どちらもある程度は解る気がします。ただそれらの姿勢や考え方は駄目だと思い生きてきました。

明治の作家を紹介したいと思います。島崎藤村です。『若菜集』は明治らしくてよいですが、今回は『夜明け前』をすすめます。列島はもちろん、世界はいつも夜明け前です、歴史は後人の物語なのですから。私たちは、今日も『夜明け前』を生きているのだと感じています。

フィリップ・K・ディック『ユービック』

好き、嫌いの個人の感情は、私たちの行動や態度に大きな影響を与えています。特に、論理とか倫理とかを考える習慣のない場合、そして今日ニーチェのいうように「神が死んだ」時代では、その判断や行動の一義的な基準でもあると思います。つまり私を含め、大きく習慣に自己を閉じ込めれば閉じ込めるほど、個人の好き嫌いは、さらに私たちにとって先見的で、優先させた判断になっているのだと思います。

でも、すべては不確かなものだと、SF作家、フィリップ・K・ディックの作品にいわれます。たくさんの作品があり、映画化もたくさんされていますが、私は、『ユービック』を第一に紹介したいと思います。ディックの特別というべき才能は、私たちの時間を奪い、私たちの平凡で凡庸な知を乗り越えて行きます。自分自身はそれほど信用できるものではないと感じてしまう彼の物語は、私に「夢よりも深く覚醒せよ」と迫ります。

石牟礼道子『苦海浄土』

　寒さが続くと、その寒い思いで、その他のすべてが疎遠な感じになってしまうことがあります。でもそのような中で、言葉について考えています。私にとって言葉は自己のものであり、自我そのものであるように思えます。言葉がなくて考えることはありません。でも、言葉は自分のものなのかと問われると、自分のものと断言することはできません。母から教えられ、そして列島の社会から刷り込まれ、自分で作った言葉などありません。ましてソシュールの言語学など、そうなのかなと思う程度です。それでも、自己の感情や自己の考えは自己のオリジナリティとしてはあると思います。正しいか主張すべきことかはわかりませんが。しかし、私は私の殻を作り、私の衣装を着ています。小林秀雄は大戦の後「利口な奴はたんと反省しろ、俺は馬鹿だから反省しない」と、悪態をついていますが、私は馬鹿は馬鹿なりに反省します。

　石牟礼道子さんが亡くなりました、ノーベル賞も文化勲章もいただきませんし、今後前方後円墳も作られませんが、『苦海浄土』は戦後の列島に深く刻まれた作品だと思います。

芥川龍之介『蜜柑』

家畜も人も、おとなしく従順で子供っぽくなることで、今日に至っているとの話があります。「今の若い者は」という言葉は、その通りだなあと思わせます。でもこれも進化ということです。

昨年は、カズオ・イシグロがノーベル賞を受けましたが、村上春樹と比較すると、物語の面白さは勝っているとは思えませんが、大人の作品だとは思います。イシグロの『わたしを離さないで』と題名が似ているだけで綿矢りささんの『私をくいとめて』を読んでみました。「難破船」は同じかも知れませんが、重さがだいぶ違い、売れ行きはともかく、現実以上の軽さを綿矢さんは目指しているのかなと思い、作家の現在にちょっと同情してしまいました。

もう百年近く前になりますが、芥川龍之介は、『蜜柑』という作品を残しています。古典からの引用物、キリシタン物、そして私小説物とたくさんの短編を残しましたが、この作品は爽やかさを残す作品です。

池澤夏樹『スティル・ライフ』

過日、池澤夏樹さんのパタゴニア旅行のテレビ放送を見ました。その中で、池澤さんは荒涼とした気球のひと隅で、夜空の星を見上げ「今、私が星を見ているように、向こうから私を見ているかも知れない」というようなことを言っていました。私は池澤さんらしくない台詞だなあと思い、それにいつまでも引っかかっていました。理由は、惑星の生物である私たちは、宇宙の恒星や銀河の中では、暗闇の中で生きているようなもので、お互いが見えることはないのではないか。池澤さんは、おそらく私などよりもずっとよく、そのことを知っているはずなのに。私たちは井戸の中の蛙のように、もっと孤独を抱えて生きていると私は思っています。

今回は、池澤夏樹の『スティル・ライフ』を紹介します。理数系の知識の基に物語が書かれています。列島では少数派の作家だと思います。

池澤夏樹『春を恨んだりはしない——震災をめぐって考えたこと』

前回、池澤夏樹さんの小説を紹介しましたが、彼は東北の大地震の後に現地に行き、その報告のような物を書いています。「春を恨んだりはしない」という題です。私は、3・11を巡る文章をたくさん読んだわけではないのですが、池澤夏樹さんの中公文庫版『春を恨んだりはしない——震災をめぐって考えたこと』を、石牟礼道子さんが亡くなり、大地震後七年ということも重なった今、紹介したいと思いました。この震災は、大地震、大津波、福島原発のメルトダウンと重なり、列島人にとって生の根底を揺さぶるものです。

七十年前の終戦後、最大の災害といっても過言ではないと思います。この災害は、ただ不幸な出来事と見過ごすことができないものでした。このことを巡り書かれた池澤夏樹さんの文章は、戦後人である私たちの「倫理観」として大事な物の一つで、ぜひ読んでいただければと思います。

吉本隆明『共同幻想論』

小説を中心に文庫本で読めるものを一年間ほど紹介してきましたが、もう少し分野を広げてみることにしました。

小説と同じに、人が考えることにおいては他の分野の本も違いはないかも知れません。その時に、私にとって第一に紹介したいのは、吉本隆明さんの『共同幻想論』です。初読では、このオジさん何をいっているのだろうと思うかも知れませんが（私はそう思いました）、一九七〇年には、この列島ではどうしても必要な作品でした。私たちが私たち自らの力で考えること、その一歩としての作品です。当時は、否定的な評価をする人はたくさんいましたが、結果は始めの一歩の力作だと思います。なにしろ列島人は、吉本さんも含め、文化人類学者のレヴィ＝ストロースや哲学者フーコーなどの成果をほとんど知らない時代の作品です。疑問を自分の力で解く努力をしなければならない時でした。とりわけ、人間の幻想（上部構造）を、自己幻想、対幻想、共同幻想と、それぞれを分けて考えることを私に教えてくれたのはこの本です。もっともこの本のせいで、小説を読む幅が狭まってしまいました。私が私の幻想にそれほど頼れないなと気づいてしまったからです。

カミュ『異邦人』

歳を重ねることは、ある意味でさまざまな事柄を、運命のようなものとして受け入れる準備ができてくることでもあると思います。ほとんどの人にとって、思いどおりとか、期待どおりとかにならないのが生活であり、人生です。芸人のヒロシがいうように、他人はすべて外野でもあります。

社会や他者に対して熱い思いや深い願いが、疎遠でうざい感じが最近の私たちを囲む空気のように思えます。そう考えていると、カミュの『異邦人』を思いだしました。読み返してみたところ、村上春樹さんの『1Q84』を想像することができます。この『1Q84』が発売になった時は、発売日、前日の夕方に本屋で見つけ、喜び勇んで購入したものでした。その後にオーウェルの『一九八四年』も読んでみましたが、今になって読むべきものは『異邦人』だったんだと思います。『異邦人』は青少年の時の読書で内容をよく覚えていなかったのですが、第二次大戦後のヨーロッパ思想のモードとしての「実存主義思想の時代」に大きな指示（支持）を受けた物語です。短く読みやすく、戦後のフランスの空気が少しだけ感じられます。サルトルはノーベル賞受賞を辞退しましたがカミュは受賞しました。

サガン『悲しみよこんにちは』

前回フランスの空気と書いたので、連想ゲームでサガンの『悲しみよこんにちは』を思いだしてしまいました。まったく単純にできているタイプの人間です。小説は大ヒットし、映画化もされました。主演のジーン・セバーグのヘアスタイルもセシルカットと名付けられ、モードになりました。ジーン・セバーグはこの後、ゴダール監督の『勝手にしやがれ』でベルモンドと共演した、とても素敵な女の子でした。ゴダール監督はさらにベルモンド主演の『気狂いピエロ』を作り、私にとっては、映画史上最高に好きな映画の一つです。

第二次大戦後のそれぞれの国の空気があったと思いますが、フランスのアンニュイな空気は私を魅了しました。萩原朔太郎もかの時代に「ふらんすへ行きたしと思えども／ふらんすはあまりに遠し」と書いています。私たちにとっては地球の裏側の物語が、不思議と私たちを魅了します。もっともフランス人から見ると、日本列島は月の裏側らしいですが。

カフカ『変身』

長きにわたり福祉現場で働いてきたので、人と人との関係が優しいものになることを希望していますが、現実は遠いと感じる日々であったりします。それは私自身のことでもあります。

でも読書は、私を少しやさしくするように思います。私にとって読書量とやさしさの量の少しの比例。梅雨時は、読書の季節です。

だいたいからして傘はないし。カミュを紹介したので、カフカも紹介しなければと思いました。東欧のユダヤ人である彼の作品は、フランス人の物語に比べひどくわかりにくいものです。列島人の私とはかなり違う感性を持っているのだと思いますが、読んでいる側である私の感性の「何とガサツなこと」と思わずにはいられません。まずはカフカのもっともわかりやすいかも知れない作品『変身』です。

おそらく彼ら（カフカなど）は安住の地のない生活の中で、ヒリヒリとした感性を持つように運命づけられた生を生きたのではないでしょうか。そのように感じさせるのがカフカの作品だと思います。

三田誠広『僕って何』

若い頃からレイモンド・チャンドラーの作品中の主人公の言葉「強くなければ生きていけない、優しくなければ生きていく資格がない」というセリフがかなり好きで、心の隅に置いていました。なかなか強くも優しくもならないのですが、自分に必要なことだと思っていました。しかし、さまざまなことを少し考えてみると、私の強さや優しさはごく限定的なものです。それはベトナム戦争後のボートピープルの問題や今日のアラブ諸国からの難民などに、まったく答えられないものです。江戸時代も脱藩は大変なことだったようですが、近代国家以降パスポートのない存在は、生きる場所さえないのが現実です。私は列島人として、せいぜいカンパ募金をする程度なのです。

ふと若い頃の、軽くて重たいものを思いだし、時代の背景は変わっても今もあまり変わらない部分もあるのではと、紹介したいと思いました。三田誠広さんの『僕って何』です。私たちの日々の根拠は、それほどあてにはならず、個々が気がつかないうちに流されていくのが、生でもあると思います。

吉田秋生『BANANA FISH』、杉浦日向子『風流江戸雀』

最近の言葉でいえば「コミック」ですが、私たちの時代は「漫画」でした。「ガロ」という月刊雑誌はレベルの高い漫画といわれていて、よく読みました。中でもつげ義春さんは好きでした。『ねじ式』などはとてもシュールで時代を写し、良い作品だと思います。もちろん「ガロ」の中心は、白土三平さんの『カムイ伝』でした。私は大切なものをたくさんいただいたと思います。その後は萩尾望都さんを筆頭に女性漫画家が才能を開花させたのですが、今日の「コミック」ブームの元は彼女たちにあったように思えます。小説の貧困がそのあたりから始まったかなあ〜。個人的な感想です。映画もそのあたりから苦しくなり、今日は映画の世界も、ジブリをはじめとしたアニメ映画が良いものの中心です。列島での表現方法や人々の存在の在り方が変わっていったのだと思います。長編物では吉田秋生さんの『BANANA FISH』、短編物なら杉浦日向子さんの『風流江戸雀』をおすすめします。当時の女性漫画家の才能に、目がクラクラしたものです。

私の感想では、いわゆる純粋な芸術というものの本道とは別のサブカルチャーのジャンルに良いものがある時代になっています。

フランクル『夜と霧』

夏休みの時期になり、どうしても紹介しなければならない本が残っていました。フランクルの『夜と霧』です。ここには、私たちが知らなければならないこと、あるいは知っておくべきことが表現されています。私自身は加害者側には簡単になることは可能だと思います。

一方、被害者である著者のフランクルのように、深い絶望の中でも落ち着き、静かに語る側になるのは困難です。詩人のパウル・ツェランやフランクルのような人がいることは、私にとっては一つの希望でもあります。私にとって静かに語ることや、大声で叫ぶことは困難でしたが、一つ一つ小さな石を積むことぐらいは可能だと思い今日に至ってしまいました。それは積まれたのかどうか、後から確認すると瓦礫が散らかっているだけかも知れませんが。列島人の一人としてヨーロッパ人の底の深さを感じないわけにはいきません。

ゴールディングの『蝿の王』

寒い時期は暖かい部屋での読書はかなり良い生活ですが、真夏はやはり避暑地の木陰での読書がいいのでしょう。けれども残念なことに避暑地でのんびり過ごした経験はありません。列島人でそのような経験をしているのはまだ少数なのではと思っています。夏休みは、観光や遊びが忙しくて、のんびりと過ごす間もありませんでした。

でも夏ですので、孤島に流れついた少年たちのお話、ゴールディングの『蝿の王』を紹介します。世界のあらゆる政府や組織の幹部に読んでほしい物語です。漂流物では、江戸時代の実際の事実を基に、吉村昭さんが『漂流』を書いています。主人公の状況対応能力には、「なんてすごいんだ」と思わずにはいられません。それに比すると私の非力さはどうでしょう。

谷川俊太郎の詩「悲しみは」

小説の分野で読者を感動させ、また、深い共感を共にするには、ある意味で悲劇を綴ることなのだと思います。物語として淡々とした日常を綴っていても、その背後に傷や悲しみなどを感じることが必要なのです。列島人の多くは漱石の悲劇に共感した人々でもあります。大戦後は太宰治、三島由紀夫、大江健三郎とそれぞれの悲劇が読まれました。しかし昨今は、悲劇というよりも、悲しみや寂しさに近くなっているように思います。谷川俊太郎さんの詩に、

「悲しみは／むきかけのりんご／比喩ではなく／詩ではなく／ただそこに在る／むきかけのりんご」

という詩（「悲しみは」より）がありますが（素晴らしい言葉の感性）、レ・ミゼラブルよりは悲しみの共感性の時代なのかも知れません。

橋本治『桃尻語訳　枕草子』

学生時代の先輩に誘われ、句会に参加することになりました。毎月五句を提出します。初めての五月の句です。

雨去りて　悲しげなり　梨の花
掃く先を　迷い迷いて　竹落葉
風薫り　乗る人も無き　恩田駅
夏立ちて　さよならの君の　沙汰も無し
すれ違う　思い流すか　走り梅雨

いつまで続くか危うい気もしますが、号は白樫としました。

今年（平成三十一年）は一月に橋本治さんが亡くなりました。学生の時から才能豊かな人でした。東大五月祭のポスターを作って有名になりましたが、小説が活躍の中心だったと思います。今回は、『桃尻語訳　枕草子』を紹介したいと思います。古典を読む機会の少ない私たちには、面白く読める、清少納言でした。勉強のできる人は違います。

加藤典洋『村上春樹イエローページ』

今月の句です。

鉛筆の　先に落ちたる　雨音の

目を閉じて　外の音聞く　梅雨の朝

つかの間の　青い光を　燕切る

見るとは無しに　見入る妻の汗

梅雨最中　かたつむりだけ　静謐に

一昨年は林京子さん、昨年は石牟礼道子さん、そして今年は橋本治さん、さらに加藤典洋さんが亡くなりました。私にとっては、文学を通じての身近な人たちです。加藤典洋さんは、文学者というよりも批評家として『敗戦後論』などが代表作なのでしょうが、村上春樹の小説を追った『村上春樹　イエローページ』が、村上小説の大きな道案内だと思います。戦中の人、戦後の人と、それぞれが他界する中で、時代は「カチッ」と歯車を回したような気がします。歯車から連想で、漫画の『ねじ式』を思いだしました。つげ義春の代表作です。一九六〇年代の日本漫画の秀作です。意味不明なお話ですが、ある種の才能の開花だと思います。

山田詠美『つみびと』

久しぶりに、最近の作品を読みました。山田詠美さんの『つみびと』です。私にとって、読後の感想を書きたくなる作品でした。

琴音とその子蓮音、蓮音の幼い子桃太、三人のそれぞれの宇宙からの視点で物語は始まり、そして終わります。桃太は幼いので当然ですが、琴音と蓮音も自分自身の宇宙からしか世界を見ることができません。吉本隆明さんがその著書『共同幻想論』で、自己幻想は共同幻想に逆立して成立する、といっていますが、そのことがまるで原始的に理解できない、あるいは理解したくない人が主人公だと思います。山田詠美さんは、そのような人に、物語として寄り添いたかったのだと思います。

谷川俊太郎さんは、その詩集『二十億光年の孤独』所収の「祈り」で、「(ところはすべて地球上の一点だし／みんなはすべて人間のひとり)／さびしさをたえて僕は祈ろう」と書いています。それを読んだ当時高校生だった私は、ものすごく感動し、また、安心しました。(二十億光年とは、パロマ天文台の世界最大の大望遠鏡での観測可能距離です)。今から思うと、私にとってアイデンティティ・クライシスの時だったのかも知れません。谷川俊太郎さんは、三好達治から、遠くから来た若者といわれていますが、人を感動させることなどない私たちは、みんなの近くでごそごそと生きています。私の場合は運良く「つみびと」にならずに。

私にとっては、結構疲れる小説でしたが、彼女はある意味力量のある人だと、今さらながら思わせられました。

人気取りとしての迎合主義的な意味でのポピュリズム志向が、世界的な政治状況を覆っているように思えます。このことは、特別に最近始まったことでもないと思いますが、アジア的には中庸、西洋的にはリベラルなものが中途半端に映る社会になっているように思えます。何故なのだろうとふと思い、人々が「約束の場所」を強く求めているせいなのではと考えました。そのような時代はいつも順繰りに巡ってくるように思えます。

長谷川櫂『俳句の宇宙』

長谷川櫂さんの『俳句の宇宙』を紹介したいと思います。俳句の場について納得させてくれますし、俳句についての理解が深まることと、丁寧な説明に教養の深さを感じます。解説を書いている三浦雅士さんは他の二冊と共に読むようにすすめていますが、とりあえずこの一冊をおすすめします。俳句はただの文芸の一つですので、どのような「場」でも個々の自由で、ましてや何十年も前の、桑原武夫さんのように『第二芸術』といっても（この本は高校生の時に神田の古本屋で買いました）、それもそれでいいと思います。この島国の自然と日本語でないとなかなか理解しにくい文芸なので、肩ひじ張って世界と渡りあうことも特にないと思います。私は専門家でもないので、列島の自然の中で少し寂しくなることでよいのではと思います。

吉村昭『羆嵐』

近年は、たくさんの災害が列島で起こっているように思えます。

私にとってそれは、普賢岳の火砕流から始まっています。平成二年のことです。そして平成七年に阪神淡路の地震。極めつきが、平成二十三年の東日本大震災です。私にとって普賢岳の噴火以降、人災、自然災害と毎年のように、悲惨な事件や事故が生活の中に飛込んできます。そんなことを考えていると、大正十二年の関東大震災を思いだします。もちろん私は直接知らないのですが、父をはじめ、何人かの大人たちから聴いていました。

大正の時代は、私にとっては、災害と宮沢賢治の時代です。賢治は、大正四年に現在の岩手大学農学部に入学しています。この年に、北海道三毛別でヒグマに七人もの人が殺された獣害がありました。この事件を題材にした、吉村昭さんの『羆嵐』を紹介したいと思います。

吉村昭さんは、事件を題材とした小説をたくさん書いています。一番に有名なのは『戦艦武蔵』かも知れませんが、私は『漂流』と今回紹介する、『羆嵐』が好きです。しかし『漂流』は好きでいいと思いますが、『羆嵐』は、あまりに悲惨な事件なので、好きというよりは、皆さんに、列島の大正時代のことを知っていただきたいという思いのほうが強くあります。吉村昭さんの書く大正と賢治さんの生きた大正が、私にとっての大正のイメージになっています。

司馬遼太郎の時代小説は文字どおりの時代小説で想像力や妄想力の賜物ですが、吉村昭さんのそれは、ドキュメンタリーといってよいような小説だと思います。それは読む人を引き込みます。現場に居合わせていないにもかかわらずと思うと、凄い人だなと思います。

フィリップ・K・ディック『アンドロイドは電気羊の夢を見るか?』

フィリップ・K・ディックを紹介します。サイエンス・フィクションの巨匠といわれる作家です。たくさんの作品がありますが、その中で『アンドロイドは電気羊の夢を見るか?』がとりあえずおすすめです。この作品は『ブレードランナー』という題で映画化されていますが、彼の作品の映画はヒットはしているものの、作者の意図とはだいぶ違ったものになっているように私には思えます。各映画作品は、ディックの類い稀な発想力を利用していますが、いわゆる文学性のようなものを排除しているのではと思います。もう一つ『ユービック』もすすめたいと思います。彼の発想力にはほとほと感心します。でも私が日本の読者に一番いいたいことは、村上春樹さんの作品とディックの作品を比較してみてほしいということです。

村上春樹さんの長編小説は『羊をめぐる冒険』そして『世界の終りとハードボイルド・ワンダーランド』などがありますが、それより二十五年ほど前に、ディックは『戦争が終り、世界の終りが始まった』という作品を書いています。私の感想では、ディックがSFの巨匠ならば、村上春樹さんは、イリュージョン・フィクションの巨匠だと思います。彼の一連の長編小説を思い起こしてみてください。ディックも村上もユングの世界観のようなものが下敷きにあり、作品のどこに本質があるのか悩ませます。

ディックは科学風な作品なので、そのアイデアを利用して映画化するのは面白いと思いますが、村上作品の幻想的なものは、映画化はかなり困難なものになると思います。私の意見では『ノルウェイの森』が映画化の失敗例です。村上作品からセックス描写を落としてしまうと、人間の幻想の大きな部分を欠落させてしまい、村上作品が世界の若者たちから多くの支持を得たもの、そして現代的なものを見失ってしまうように思えます。

最後に与太話を一つ、村上春樹さんの『世界の終りとハードボイルド・ワンダーランド』が出版された少し後に、尊敬し敬愛していた吉本隆明さんに、私が「村上春樹は良い」と言ったのに吉本さんからは「大したことない」と言われ、数年後に吉本さんがどこかで「村上春樹は良い」と言っているのを見たことがあります。その時は少し嬉しかったです。

多和田葉子『犬婿入り』、川上弘美『蛇を踏む』

多和田葉子さんを紹介したいと思います。彼女は今まで紹介した、巫女のような作家と違い、都会の勉強のできる、いうなれば山の手の人だと思います。ご本人は実は「巫女」になろうとしているのかも知れませんが。ヨーロッパに渡った巫女というのもいい案かも知れません。石牟礼道子さんのような列島の本当の巫女は、ヨーロッパの人々にはまったく見えません。また見る気もないでしょう。

西脇順三郎のように何度もノーベル文学賞候補になっても、英語で詩を書いていても、ヨーロッパに知られていないのでノーベル文学賞はもらえません。所詮は偏った先進国主義だと理解するのが妥当です。

ところが多和田葉子さんは、ドイツに住み現地語を使いますので、ノーベル文学賞に最も近い日本人作家かも知れません。日本の女性作家では、ふにゃふにゃしたお話が得意な川上弘美さんなどが私は好きですが、ノーベル文学賞にはあまりに遠い存在なのではと思います。

最近は川上弘美さんも多和田葉子さんも、世間の評価はわかりませんが、私的には技巧に走りすぎているのではと思っています。歳をとっても変わらないのが私は好きです。一人の人間があまり欲を出してはいけない。世間にとりわけ合わせる必要もないので、ある意味愚直でもいいのでは、というのが私の個人的な意見です。さらに勝手な意見で、いい加減さを白状するようですが、技術力の高い、また精密なと思わせるバージニア・ウルフの作品は疲れるので、ちょっと苦手なのです。

しかし、世間の現実は激しく流動していることもまた事実なのだと思います。古典に向かったり、手法を変えてみたりもあるのかも知れません。でも、自己幻想は所詮「三つ子の魂百まで」なので、抱え込んでいくしかないのだと感じています。

文学が好きな私などは半端者の発想なので、力のある作者からみれば、何をいっているか(太宰治にいわせれば「命を懸けて」いるんだ)、といわれてしまうかも知れませんが、さらに勝手なことをいわせてもらえば、そうかなあと独り言が出てしまいます。

多和田葉子の芥川賞受賞作『犬婿入り』は短い作品なので読んでみてください。現代文学の一つの傾向です。合わせて川上弘美さんの『蛇を踏む』も紹介させてください。川上弘美さんのふにゃふにゃ感が私は好きなのです。

ブルース・チャトウィン『パタゴニア』

紀行文を紹介したいと思います。ブルース・チャトウィンの『パタゴニア』です。ビートルズを生んだイギリスは、こんな人も生んでいます。当時のイギリスの空気なのかも知れません。私にいわせれば本当に変わった人だと思います。まったく自由にパタゴニアを歩きます。体力も申し分なく、ものおじもせず。文章を書くことの不安も感じられません。さらに旅行の目的もなんかこじつけか思いつきでいっているのではないかと感じてしまいます。

読んだことによってためになる感じもしません。ただ、ためらいのない紀行文を書いたことによって高い評価を得て、たぶん収入はかなりのものだと思えますし、立場もかなり良くなったではと推測されます。

彼について読んだところ、美青年で教養もあり、そして同性愛者だったそうです。私のきわめて個人的な意見ですが、その人の書いたものなら読んでみたいという欲望をわかせます。ちなみに私は女性が好きです。

もっとも時代背景的には旅行ガイドブック『地球の歩き方』があったと思います。冒険も探検もなくなってきた中、列島や世界を放浪する若者がたくさんいた時代でもあります。

いわゆる自分探しの旅かも知れません。当時の国鉄による旅行の呼びかけに、列島の若者も「いい日旅立ち」をしたのです。

　現在の若者の置かれた状況を考えると、私たちは結構いい気なものだったのかも知れません。現在の列島の状況は携帯電話やアマゾンにからめとられ、便利な一方で身動きの取れない中、それなのに皆で漂流しているのです。明日への方位もなく、「明日はどっちだ」とも叫ぶこともできないのが現在だと思います。

　それでも私たちは歩き続けます。なぜなのだろう、親鸞のいうように「煩悩」が盛んなせいか、フロイトのいうように「リビドー」のせいなのか。どちらにしても体力があることはうらやましい限りです。

ニコライ・ゴーゴリ『外套』

文学の好きな人がどうしても避けて通れないものが、ロシア文学だと思います。トルストイやドストエフスキーという大文豪がいます。中でもドストエフスキーの作品『カラマーゾフの兄弟』は、百人の文学好きに、あなたの一番を挙げなさいと訊いたらその過半数の人が選ぶかも、といえる作品です。私は若い頃、夕方の五時から明くる朝の五時まで読んだことがあります。感想は寝食を忘れおののきました。でも私の一番好きな彼の作品は『白痴』です。

しかしトルストイやドストエフスキーの作品は分厚いものです。ちょっと手に取るには、躊躇せざるを得ません。無理して読んだとしても明るいさっぱりと気分になることはないと思います。読む場合には、これも避けて通れない文学の道だと、求道者気分が必要かも知れません。楽しいといってしまえば楽しいかも知れません。なにしろ一人で勝手に求道者になれるのですから。上手くもないゲームを一人でやっているよりは楽しい場合があります。

こんな難関からはと思う人に、私自身もそのようなタイプの人間なので、ここでは短編小説を紹介したいと思います。ドストエフスキーのような大作家も影響を受けたといわれ、ドストエフスキーが登場する、ほんの少し前のロシアの作家です。ニコライ・ゴーゴリです。この人は断食して死んだといわれています。なんと「ストイックな」と思いますが、ロシアのことですから、その真実のところはどうなのでしょうか。でも帝政時代のロシアの雰囲気や市民の雰囲気を、少しだけ知る手がかりにはなると思います。作品名は『外套』です。短いお話ですし、難解なものでもないと思います。しかし今にして思えば、大文豪やレーニンが登場する、『夜明け前』なのではと感じられます。最もドストエフスキーやレーニンが登場して夜が明けたのかどうか、私たちは今でも「夜明け前」かも知れませんが、当時の、そして現在の人々に、ひっそりと心を寄せる手がかりの一つとなる作品のように思えます。

文学を読むことは冒険かも知れません。そのことによって大冒険家になる人もいます。またある人は大冒険家気分の人もいます。しかし、私のような平凡な人間にとっては、一人で、そしてどこにも出かけずに小さな冒険ができる一つの方法です。

あとがきにかえて

私は、一九七九年から通算すると四十年ほど、福祉関係の仕事に携ってきました。そのうち福祉施設職員として三十年働いてきました。私は、おのおの十年おき程度で、自分自身が変わっていったと気がつきました。それは、吉本隆明さんにいざなわれた読書と、支援の現場で出会う支援を必要とする人たちとの関係を、私という車の両輪となしえたことのおかげだったと思っています。おそらくそれは十年スパンの成長だったと思います。

吉本隆明さんにいざなわれた読書については、この本に書きました。書き落としている部分は、支援を必要とする人たちとの仕事のことです。私は主に理解の遅れのある人々、すなわち知的な面で障碍をもつ方々の支援の現場で多く働いてきたので、その支援施設での仕事について書き、あとがきに代えたいと思います。

まず、この仕事はいい仕事です。私の経験からそう思える理由のいくつかを述べます。

その1　下部構造について
給与は特別に高給とはいえませんが、現在の社会の中で普通の給与がもらえます。夏の賞与も冬の賞与も普通にいただけます。労働時間も普通の労働時間です。私はこの仕事に就いて給与が普通にもらえる、それが嬉しかったです。

その2　上部構造について
イ　ほめてもらえます。
利用者、その家族、そして自分自身の家族や親類に、私自身はほめていただいたことがたくさんあります。
ロ　達成感があります。
時々、仕事を上手にこなした時、あるいは人に感謝の言葉をかけられた時、豊かな気持ちになれます。

ハ　人間としての成長ができると思います。

もちろん仕事ですから、時には辛い経験もあります。嫌だな、逃げたいな、と思う時もありました。どこの場所にいてもそのようなことはあるものです。しかし、支援の場では、それらの辛い経験が、次の機会には理解や知識になっていることがたびたびあるのです。そのことを経て、人間としての幅を広げることができたと私は思います。その分だけ支援の幅も広がります。こうして多くの仲間を得て、それらの人々に私自身が支えてもらうという関係が築かれてきたのです。

その3　横はいりが簡単です。

多くの職業選択は、高校卒業時に、あるいは進学時に、将来の進路を決定しなければならない場合が普通です。資格の必要な場合は特に、専門課程の学校などを選択しなければいけません。そうでなくても、生産現場、事務的なもの、理工的なものなどの選択が必要です。

でも、知的障碍者の支援には資格制度がありません。もちろん福祉関係の専門課程を経てきた人もたくさんいます。門外漢の私などは、就職後に専門知識が必要と考えてから、通信課程の講義を受講したのでした。

「支援の仕事を始めるには、温かい心と、少しの情熱があれば、特別な才能もいりません」

私自身はその条件だけで始めました。また、この仕事は、二十代、三十代の初心者でも問題ありません。横はいりが可能なのです。

以上、私たちの仕事における、私の経験を踏まえつつ、三つの良い理由をあげました。それは、こんにちでも変わりません。

十年ごとぐらいに、自分自身が変わってきたことは、先に述べました。やや具体的に話すと、私は、経験と読書により、二十代の自分、三十代の自分、四十代の自分、五十代の自分と、まるで脱皮するように変わっていったと思います。もちろんその変わった部分は心のありようなので、他者からはわかりません。「人知れず、微笑めば」いいのです。

とはいえ、心のありようの面はさておき、仕事の面での十年きざみの年齢による変化については、おおよそのことは述べることができます。

ハンナ・アーレントの著書『人間の条件』は、支援現場を運営する人たちに、ぜひ読んで参考にしてほしい一冊です。問題はこの本が物理的にも、内容的にも、質量が多すぎる点です。すなわち厚く、中味が濃い。そのために、読書をすること自体が負担になってしまうことです。とはいえ、時間をかけてぜひ取り組んでほしいと思うのです。

アーレントは、この本の中で、人間の活動的生活を構成するものとして、労働・仕事・活動と三つの能力を挙げています。

労働は、自分の生命と関わるはたらき（生産と消費）です。いうなれば賃労働による生産、再生産の過程です。二つ目の仕事は、労働とは別の、独立した人間のはたらきで、そこでは自らの観念、つまり端的にいうならば、自己のイメージの対象化への作業が中心となります。生きるということは広い視野の獲得が不可欠です。三つ目の活動は、人との関わり、大勢のさまざまな人との関係を作るということになるでしょう。今日的には社会参加の、社会の一員としての活動といっていいかと思います。

私に起きた変化は、大まかにいえば、この三つの能力＝そのはたらきに対応づけられる面が少なくありません。すなわち、二十代では労働が主になり、三十代、四十代と進むうちに、仕事や活動の面が増えていったのです。四十代、五十代の中心は仕事と活動になりました。

支援の現場では、労働であったり、仕事であったり、活動であったりを、できる範囲でそれらを適時に組み合わせ、日々を送ると考えていいと思います。その三つ、労働・仕事・活動のことを、皆が理解さえすれば、障碍が重いとか、障碍が軽いとかは支援における障害にはならないと、私は思って今日まできました。

ただし、現場における物理的な妨げの場合は別の問題です。物理的な障害とは何か、一つは通いの施設の場合は距離の問題です。また生活施設の場合は、建物の構造であったり設備であったりします。通いの施設の場合は、家族などの協力を得られれば、近所に転居すればいいと思います。生活施設の場合は、行政の協力を得るとか、施設と家族で協力しあうとの方法が考えられます。

最後に、しかし大きな問題があります、支援するスタッフです。この問題は日本だけの問題ではありません。北欧に視察旅行に行った時も感じました。私たちの仕事がまだまだ理解されていない一面と、先進国ではどこにでもある働き手不足です。毎年毎年、仕事が増えますので、新たな人手が常に必要になります。この問題の解決は、きわめて困難なことです。資本主義の社会は、人間の欲望を限りなくかきたてるのです。この限りない欲望に、私たちの社会は、現在適切に応えるすべがありません。むしろ私たちの社会は、さらに欲望を野放しにしています。支援の現場の仕事は、欲望の制御の一面があると思っています。多少制御された欲望の中で生活する、そのことも必要なのではないかと考えています。

もちろん、まだまだ乗り越えられないことも多数あります。でも乗り越えられたことも多々あります。問題は、皆が本当に乗り越えたいと想うことだと思います。それを心から乗り越えたいと想うようになるまでは、乗り越えられません。

現場の仕事は、ある面では淡々とした生活の繰り返しです。もちろん波もあれば風もありますが、生活という面では、単純な繰り返しだと思います。しかし生物は皆、生活を繰り返すものです。しかしその中で夢をみたりするものだといえます。

日々の仕事の中で考えてきたことを話します。

こういうことです。私たちの場は、私たちがまだ摑みきれない「未来の倫理」を考える場です。「未来の倫理」とは何か、一言でいえば「思いやりの人間関係です」。しかし、私たちは思いやりの人間関係が構築できない。なぜでしょう？　このなぞを開いていかなければ、「未来の倫理」には近づけません。私たちの場は、「思いやりの人間関係を作る」その方法を探るところです。

私がここで「思いやり」といっているのは、自己の感情や思念などが、他者と同じであることを前提とした「思いやり」ではありません。他者の他者性を、自己と他者との深い溝を前提としたうえでの「思いやり」です。それは不可能なことでしょうか。少なくとも私が読んだ世界のさまざまな小説でも、私が観た世界のさまざまな映画でも「思いやり」は最も大事なものとして扱われています。ですから、国、地域、言語を超えて「思いやり」は切実に必要とされていると、私は認識しています。「思いやり」は不可能ではない、「思いやり」は必要とされています。私は、他者の他者性を前提とした「思いやり」は可能だといいたい。

マルクスはいっています。「人は可能なことしか想像できない」と。私たちが想像できることは、可能であるはずです。私たちは未来のマルクス者として、未来の民衆として、きっとこの謎が解けると考えています。また、解かなければならないと考えています。「未来の倫理」を作り、「思いやりの人間の関係」を作る、その方法の手がかりを探す。その場が私たちの場であることを願っています。

吉本さんが『共同幻想論』で提出した三つの概念があります。自己幻想、対幻想、共同幻想です。私にはこれらの概念が「未来の倫理」への手がかりを提供しているように思えるのです。私と私の関係、私とあなたの関係、私と多数者（共同性）との関係、これらを重層化しつつ、考えることの手がかりを示唆しているからです。

見果てぬ夢を書いている、そう思う人がいるかも知れません。そのことはわかっています。しかし、譲歩して夢だとしても、人は夜、眠っている時だけ夢を見るものではありません。労働をし、仕事をし、活動する中でも、夢は見るものです。いやむしろ断言できますが、夢のない生活や、夢のない人生のほうが、私たちには辛いものだと思います。

私たちの仕事を紹介し、この本のあとがきに代えたいと思います。

〔著者〕
小形 烈（おがた・れつ）
1948年生まれ。横浜生まれの横浜育ち。1976年、横浜市職員入職。1989年、横浜市内の民間障碍者支援施設に転職。現在は社会福祉法人アドバイザー。

支援の仕事が、自分の人生の主な目的になるとは、思いもよらないことでした。偶然、偶然の連続でしたが、もちろん大変なこともたくさんありました。しかし結果的には楽しい仕事だったと思います。自身の彷徨について、この本にまとめたような気がします。この本が、もし読者の誰かの、何らかの参考になっていたら嬉しいことです。(2021. 3. 2　小形　烈)

私の吉本隆明

2021年5月10日　初版第1刷印刷
2021年5月20日　初版第1刷発行

著　者　小形　烈
装　丁　奥定泰之
発行人　森下紀夫
発行所　論 創 社
〒101-0051　東京都千代田区神田神保町2-23　北井ビル
TEL:03-3264-5254　FAX:03-3264-5232　振替口座 00160-1-155266
WEB:https://www.ronso.co.jp

組版　フレックスアート
印刷・製本　中央精版印刷

ISBN978-4-8460-2050-7